津軽

太宰 治

目次

津軽の雪
こな雪
つぶ雪
わた雪
みづ雪
かた雪
ざらめ雪
こほり雪

（東奥年鑑より）

序編

あるとしの春、私は、生れてはじめて本州北端、津軽半島をおよそ三週間ほどかかって一周したのであるが、それは、私の三十幾年の生涯において、かなり重要な事件の一つであった。私は津軽に生れ、そうして二十年間、津軽において育ちながら、金木(かなぎ)、五所川原(ごしょがわら)、青森、弘前(ひろさき)、浅虫(あさむし)、大鰐(おおわに)、それだけの町を見ただけで、その他の町村に就いては少しも知るところがなかったのである。

金木は、私の生れた町である。津軽平野のほぼ中央に位し、人口五、六千の、これという特徴もないが、どこやら都会ふうにちょっと気取った町である。善く言えば、水のように淡白であり、悪く言えば、底の浅い見栄坊(みえぼう)の町ということになっているようである。それから三里ほど南下し、岩木川に沿うて五所川原という町が在る。この地方の産物の集散地で人口も一万以上あるようだ。青森、弘前の両市を除いて、人口一万以上の町は、この辺には他にない。善く言えば、活気のある町であり、悪く言えば、さわがしい町である。農村の匂(にお)いはなく、都会特有の、あの孤独の戦慄(せんりつ)がこれくらいの小さい町にも既に幽かに忍びいっている模様である。大袈裟な譬喩でわれながら閉口して申し上げるのであるが、かりに東京に例をとるならば、金木は小石川であり、五所川原は浅草、といったようなところでもあろうか。ここには、私の叔母がいる。幼少の頃、私は生みの母よりも、この叔母を慕っていたので、実にしばしばこの五所川原の叔母の家へ遊びに来た。私は、中学校にはいるまでは、この五所川原と金木と、二つの町の他は、津軽の町に就いて、ほとんど何も知らなかったと言ってよい。やがて、青森の中学校に入学試験を受けに行くとき、それは、わずか三、四時間の旅であったはずなのに、私にとっては非常な大旅行の感じで、そのときの興奮を私は少し脚色して小説にも書いたことがあって、その描写は必ずしも事実そのままではなく、かなしいお道化の虚構に満ちてはいるが、けれども、感じは、だいたいあんなものだと思っている。すなわち、

「誰にも知られぬ、このような侘しいおしゃれは、年一年と工夫に富み、村の小学校を卒業して馬車にゆられ汽車に乗り十里はなれた県庁所在地の小都会へ、中学校の入学試験を受けるために出掛けたときの、そのときの少年の服装は、あわれに珍妙なものでありました。白いフランネルのシャツは、よっぽど気に入っていたものとみえて、やはり、そのときも着ていました。しかも、こんどのシャツには蝶々の翅のような大きい襟がついていて、その襟を、夏の開襟シャツの襟を背広の上衣の襟の外側に出し

てかぶせているのと、そっくり同じ様式で、着物の襟の外側にひっぱり出し、着物の襟に覆いかぶせているのです。なんだか、よだれ掛けのようにも見えます。でも、少年は悲しく緊張して、その風俗が、そっくり貴公子のように見えるだろうと思っていたのです。久留米絣に、白っぽい縞の、短い袴をはいて、それから長い靴下、編上げのピカピカ光る黒い靴。それからマント。父はすでに歿し、母は病身ゆえ、少年の身のまわり一切は、やさしい嫂の心づくしでした。少年は、嫂に怜悧に甘えて、むりやりシャツの襟を大きくしてもらって、嫂が笑うと本気に怒り、少年の美学が誰にも解せられぬことを涙が出るほど口惜しく思うのでした。「瀟洒、典雅。」少年の美学の一切は、それに尽きていました。いやいや、生きることのすべて、人生の目的全部がそれに尽きていました。マントは、わざとボタンを掛けず、小さい肩から今にも滑り落ちるように、あやうく羽織って、そうしてそれを小粋な業だと信じていました。どこから、そんなことを覚えたのでしょう。おしゃれの本能というものは、手本がなくても、おのずから発明するものかもしれません。ほとんど生れてはじめて都会らしい都会に足を踏みこむのでしたから、少年にとっては一世一代の凝った身なりであったわけです。興奮のあまり、その本州北端の一小都会に着いたとたんに少年の言葉つきまで一変してしまっていたほどでした。かねて少年雑誌で習い覚えてあった東京弁を使いました。けれども宿に落ちつき、その宿の女中たちの言葉を聞くと、ここもやっぱり少年の生れ故郷と全く同じ、津軽弁でありましたので、少年はすこし拍子抜けがしました。生れ故郷と、その小都会とは、十里も離れていないのでした。」

この海岸の小都会は、青森市である。津軽第一の海港にしようとして、外ヶ浜奉行がその経営に着手したのは寛永元年である。ざっと三百二十年ほど前である。当時、すでに人家が千軒くらいあったという。それから近江、越前、越後、加賀、能登、若狭などとさかんに船で交通をはじめて次第に栄え、外ヶ浜において最も殷賑の要港となり、明治四年の廃藩置県によって青森県の誕生すると共に、県庁所在地となっていまは本州の北門を守り、北海道函館との間の鉄道連絡船などのことに到っては知らぬ人もあるまい。現在戸数は二万以上、人口十万を越えている様子であるが、旅人にとっては、あまり感じのいい町ではないようである。たびたびの大火のために家屋が貧弱になってしまったのは致し方がないとしても、旅人にとって、市の中心部はどこか、さっぱり見当がつかない様子である。奇妙にすすけた無表情の家々が立ち並び、何事も旅人に呼びかけようとはしないようである。旅人は落ちつかぬ気持で、そそくさとこの町を通り抜ける。けれども私は、この青森市に四年いた。そうして、その四箇年は、私の生涯において、たいへん重大な時期でもあったようである。その頃の私の生活に就いては「思い出」という私の初期の小説にかなり克明に書かれてある。

「いい成績ではなかったが、私はその春、中学校へ受験して合格した。私は、新しい袴と黒い沓下とあみあげの靴をはき、いままでの毛布をよして羅紗のマントを洒落者らしくボタンをかけずに前をあけたまま羽織って、その海のある小都会へ出た。そして私のうちと遠い親戚にあたるそのまちの呉服店で旅装を解いた。入口にちぎれた古いのれんをさげてあるその家へ、私はずっと世話になることになっていたのである。

私は何ごとにも有頂天になり易い性質を持っているが、入学当時は銭湯へ行くのにも学校の制帽を被り袴をつけた。そんな私の姿が往来の窓硝子にでも映ると、私は笑いながらそれに軽く会釈したものである。

それなのに、学校はちっとも面白くなかった。校舎は、まちの端れにあって、しろいペンキで塗られ、すぐ裏は海峡に面したひらたい公園で、浪の音や松のざわめきが授業中でも聞こえてきて、廊下も広く教室の天井も高くて、私はすべてにいい感じを受けたのだが、そこにいる教師たちは私をひどく迫害したのである。

私は入学式の日から、ある体操の教師にぶたれた。私が生意気だというのであった。この教師は入学試験のとき私の口答試問の係りであったが、お父さんがなくなってよく勉強もできなかったろう、と私に情ふかい言葉をかけてくれ、私もうなだれて見せたその人であっただけに、私のこころはいっそう傷つけられた。そののちも私は色んな教師にぶたれた。にやにやしているとか、あくびをしたとか、さまざまな理由から罰せられた。授業中の私のあくびは大きいので職員室で評判である、とも言われた。

私はそんな莫迦げたことを話し合っている職員室を、おかしく思った。
　私と同じ町から来ている一人の生徒が、ある日、私を校庭の砂山の陰に呼んで、君の態度はじっさい生意気そうに見える。あんなに殴られてばかりいると落第するにちがいない、と忠告してくれた。私は愕然とした。その日の放課後、私は海岸づたいにひとり家路を急いだ。靴底を浪になめられつつ溜息ついて歩いた。洋服の袖で額の汗を拭いていたら、鼠色のびっくりするほど大きい帆がすぐ眼の前をよろよろとおって行った。」

　この中学校は、いまも昔と変わらず青森市の東端にある。ひらたい公園というのは、合浦公園のことである。そうしてこの公園は、ほとんど中学校の裏庭といってもいいほど、中学校と密着していた。また冬の吹雪の時以外は、学校の行き帰り、この公園を通り抜け、海岸づたいに歩いた。いわば裏路である。あまり生徒が歩いていない。私には、この裏路が、すがすがしく思われた。初夏の朝は、殊によかった。なおまた、私の世話になった呉服店というのは、寺町の豊田家である。二十代ちかく続いた青森市屈指の老舗である。ここのお父さんは先年なくなられたが、私はこのお父さんに実の子以上に大事にされた。忘れることが出来ない。この二、三年来、私は青森市へ二、三度行ったが、その度ごとに、このお父さんのお墓へおまいりして、そうして必ず豊田家に宿泊させてもらうならわしである。

「私が三年生になって、春のあるあさ、登校の道すがらに朱で染めた橋のまるい欄干にもたれかかって、私はしばらくぼんやりしていた。橋の下には隅田川に似た広い川がゆるゆると流れていた。全くぼんやりしている経験など、それまでの私にはなかったのである。うしろで誰か見ているような気がして、私はいつでも何かの態度をつくっていたのである。私のいちいちのこまかい仕草にも、彼は当惑して掌を眺めた、彼は耳の裏を掻きながら呟いた、などと傍から説明句をつけていたのであるから、私にとって、ふと、とか、われしらず、とかいう動作はあり得なかったのである。橋の上での放心から覚めたのち、私は寂しさにわくわくした。そんな気持のときには、私もまた、自分の来しかた行く末を考えた。橋をかたかた渡りながら、いろんなことを思い出し、また、夢想した。そして、おしまいに溜息ついてこう考えた。えらくなれるかしら。（中略）

　なにはさてお前は衆にすぐれていなければいけないのだ、という脅迫めいた考えからであったが、じじつ私は勉強していたのである。三年生になってからは、いつもクラスの首席であった。てんとりむしと言われずに首席となることは困難であったが、私はそのような嘲りを受けなかったばかりか、級友を手ならす術まで心得ていた。蛸というあだなの柔道の主将さえ私には従順であった。教室の隅に紙屑入れの大きな壺があって、私はときたまそれを指さして、蛸、つぼへはいらないかと言えば、蛸はその壺へ頭を入れて笑うのだ。笑い声が壺に響いて異様な音をたてた。クラスの美少年たちもたいてい私になついていた。私が顔の吹き出物へ、三角形や六角形や花の形に切った絆創膏をてんてんと貼り散らしても誰も可笑しがらなかった程である。

私はこの吹き出物に心をなやまされた。そのじぶんにはいよいよ数も殖えて、毎朝、眼をさますたびに掌で顔を撫でまわしてその有様をしらべた。いろいろな薬を買ってつけたが、ききめがないのである。私はそれを薬屋へ買いに行くときには、紙きれへその薬の名を書いて、こんな薬がありますかって、と他人から頼まれたふうにして言わなければいけなかったのである。私はその吹き出物を欲情の象徴と考えて眼の先が暗くなるほど恥ずかしかった。いっそ死んでやったらと思うことさえあった。私の顔に就いてのうちの人たちの不評判も絶頂に達していた。他家へとついでいた私のいちばん上の姉は、治のところへは嫁に来るひとがあるまい、とまで言っていたそうである。私はせっせと薬をつけた。

弟も私の吹き出物を心配して、なんべんとなく私の代わりに薬を買いに行ってくれた。私と弟とは子供のときから仲がわるくて、弟が中学へ受験する折にも、私は彼の失敗を願っていたほどであったけれど、こうしてふたりで故郷から離れてみると、私にも弟のよい気質がだんだん判ってきたのである。弟は大きくなるにつれて無口で内気になっていた。私たちの同人雑誌にもときどき小品文を出していたが、みんな気の弱々した文章であった。私にくらべて学校の成績がよくないのを絶えず苦にしていて、私がなぐさめでもするとかえって不機嫌になった。また、自分の額の生えぎわが富士のかたちに三角になって女みたいなのをいまいましがっていた。額がせまいから頭がこんなに悪いのだと固く信じていたのである。私はこの弟にだけはなにもかも許した。私はその頃、人と対するときには、みんな押し隠してしまうか、みんなさらけ出してしまうか、どちらかであったのである。私たちはなんでも打ち明けて話した。

　秋のはじめの或る月のない夜に、私たちは港の桟橋へ出て、海峡を渡ってくるいい風にはたはたと吹かれながら赤い糸について話し合った。それはいつか学校の国語の教師が授業中に生徒へ語って聞かせたことであって、私たちの右足の小指に眼に見えぬ赤い糸がむすばれていて、それがするすると長く伸びて一方の端がきっと或る女の子のおなじ足指にむすびつけられているのである。ふたりがどんなに離れていてもその糸は切れない。どんなに近づいても、たとい往来で逢っても、その糸はこんぐらかることがない、そうして私たちはその女の子を嫁にもらうことにきまっているのである。私はこの話をはじめて聞いたときには、かなり興奮して、うちへ帰ってからもすぐ弟に物語ってやったほどであった。私たちはその夜も、波の音や、かもめの声に耳傾けつつ、その話をした。お前のワイフは今ごろどうしてるべなあ、と弟に聞いたら、弟は桟橋のらんかんを二、三度両手でゆりうごかしてから、庭あるいてる、ときまり悪げに言った。大きい庭下駄をはいて、団扇(うちわ)をもって、月見草を眺めている少女は、いかにも弟と似つかわしく思われた。私のを語る番であったが、私は真っ暗い海に眼をやったまま、赤い帯しめての、とだけ言って口を噤(つぐ)んだ。海峡を渡って来る連絡船が、大きい宿屋みたいにたくさんの部屋部屋へ黄色いあかりをともして、ゆらゆらと水平線から浮かんで出た。」

　この弟は、それから二、三年後に死んだが、当時、私たちは、その桟橋に行くことを好んだ。冬、雪の降る夜も、傘をさして弟と二人でこの桟橋に行った。深い港の海に、雪がひそひそ降っているのはいいものだ。最近は青森港も船舶輻輳(ふくそう)して、この桟橋も船で埋って景色どころではない。それから、隅田川に似た広い川というのは、青森市の東部を流れる堤(つつみ)川のことである。すぐに青森湾に注ぐ。川というものは、海に流れ込む直前の一箇所で、奇妙に躊躇(ちゅうちょ)して逆流するかのように流れが鈍くなるものである。私はその鈍い流れを眺めて放心した。きざな譬(たと)え方をすれば、私の青春も川から海へ流れ込む直前であったのであろう。青森における四年間は、その故に、私にとって忘れがたい期間であったとも言えるであろう。青森に就いての思い出は、だいたいそんなものだが、この青森市から三里ほど東の浅虫という海岸の温泉も、私には忘れられない土地である。やはりその「思い出」という小説の中に次のような一節がある。

「秋になって、私はその都会から汽車で三十分ぐらいかかって行ける海岸の温泉地へ、弟をつれて出掛けた。そこには、私の母と病後の末の娘とが家を借りて湯治していたのだ。私はずっとそこへ寝泊りして、受験勉強をつづけた。私は秀才というぬきさしならぬ名誉のために、どうしても、中学四年から高等学校へはいってみせなければならなかったのである。私の学校ぎらいはその頃になって、いっそうひどかったのであるが、何かに追われている私は、それでも一途（いちず）に勉強していた。私はそこから汽車で学校へかよった。日曜ごとに友人たちが遊びに来るのだ。私は友人たちと必ずピクニックにでかけた。海岸のひらたい岩の上で、肉鍋（にくなべ）をこさえ、葡萄酒（ぶどうしゅ）をのんだ。弟は声もよくて多くのあたらしい歌を知っていたから、私たちはそれらを弟に教えてもらって、声をそろえて歌った。遊びつかれてその岩の上で眠って、眼がさめると潮が満ちて陸つづきだったはずのその岩が、いつか離れ島になっているので、私たちはまだ夢から醒（さ）めないでいるような気がするのである。」

いよいよ青春が海に注ぎ込んだね、と冗談を言ってやりたいところでもあろうか。この浅虫の海は清冽（せいれつ）で悪くはないが、しかし、旅館は、必ずしもよいとは言えない。寒々した東北の漁村の趣は、それは当然のことで、決してとがむべきではないが、それでいて、井の中の蛙（かわず）が大海を知らないみたいな小さい妙な高慢を感じて閉口したのは私だけであろうか。自分の故郷の温泉であるから、思い切って悪口を言うのであるが、田舎（いなか）のくせに、どこか、すれているような、妙な不安が感ぜられてならない。私は最近、この温泉地に泊ったことはないけれども、宿賃が、おやと思うほど高くなかったら幸いである。これは明らかに私の言いすぎで、私は最近においてここに宿泊したことはなく、ただ汽車の窓からこの温泉町の家々を眺め、そうして貧しい芸術家の小さい勘でものを言っているだけで、他には何の根拠もないのであるから、私は自分のこの直覚を読者に押しつけたくはないのである。むしろ読者は、私の直覚など信じないほうがいいかもしれない。浅虫も、いまは、つつましい保養の町として出発し直しているに違いないと思われる。ただ、青森市の血気さかんな粋客たちが、ある時期において、この寒々した温泉地を奇怪に高ぶらせ、宿の女将（おかみ）をして、熱海、湯河原の宿もまたまさにかくの如きかと、茅屋（ぼうおく）にいて浅墓（あさはか）の幻影に酔わせたことがあるのではあるまいかという疑惑がちらと脳裡（のうり）をかすめて、旅のひねくれた貧乏文士は、最近たびたび、この思い出の温泉地を汽車で通過しながら、あえて下車しなかったというだけの話なのである。

津軽においては、浅虫温泉は最も有名で、つぎは大鰐温泉ということになるのかもしれない。大鰐は、津軽の南端に近く、秋田との県境に近いところに在って、温泉よりも、スキイ場のために日本中に知れ渡っているようである。山麓（さんろく）の温泉である。ここには、津軽藩の歴史のにおいが幽（かす）かに残っていた。私の肉親たちは、この温泉地へも、しばしば湯治に来たので、私も少年の頃あそびに行ったが、浅虫ほど鮮明な思い出は残っていない。けれども、浅虫のかずかずの思い出は、鮮やかであると同時に、その思い出のことごとくが必ずしも愉快とは言えないのに較べて、大鰐の思い出は霞んでいても懐しい。海と山の差異であろうか。私はもう、二十年ちかくも大鰐温泉を見ないが、いま見ると、やはり浅虫のように都会の残杯冷炙に宿酔してあれている感じがするであろうか。私には、それは、あきらめ切れない。ここは浅虫に較べて、東京方面との交通の便は甚だ悪い。そこが、まず、私にとってたのみの綱である。また、この温泉のすぐ近くに碇ヶ関というところがあって、そこは旧藩時代の津軽秋田間の関所で、したがってこの辺には史蹟も多く、昔の津軽人の生活が根強く残っているに相違ないのだから、そんなに易々と都会の風に席巻されようとは思われぬ。さらにまた、最後のたのみの大綱は、ここから三里北方に弘前城が、いまもなお天守閣をそっくり残して、年々歳々、陽春には桜花に包まれその健在を誇っていることである。この弘前城が控えている限り、大鰐温泉は都会の残瀝をすすり悪酔いするなどのことはあるまいと私は思い込んでいたのである。

弘前城。ここは津軽藩の歴史の中心である。津軽藩祖大浦為信は、関ヶ原の合戦において徳川方に加勢し、慶長八年、徳川家康将軍宣下と共に、徳川幕下の四万七千石の一侯伯となり、ただちに弘前高岡に城池の区画をはじめて、二代藩主津軽信牧の時に到り、ようやく完成を見たのが、この弘前城であるという。それより代々の藩主この弘前城に拠(よ)り、四代信政(のぶまさ)の時、一族の信英(のぶふさ)を黒石に分家させて、弘前、黒石の二藩にわかれて津軽を支配し、元禄(げんろく)七名君の中の巨擘(きょはく)とまでうたわれた信政の善政は大いに津軽の面目をあらたにしたけれども、七代信寧(のぶやす)の宝暦(ほうれき)ならびに天明(てんめい)の大飢饉(だいききん)は津軽一円を凄惨(せいさん)な地獄と化せしめ、藩の財政もまた窮乏の極度に達し、前途暗澹(あんたん)たるうちにも、八代信明(のぶあき)、九代寧親(やすちか)は必死に藩勢の回復をはかり、十一代順承(ゆきつぐ)の時代に到ってからくも危機を脱し、つづいて十二代承昭(つぐてる)の時代に、めでたく藩籍を奉還し、ここに現在の青森県が誕生したという経緯は、弘前城の歴史であると共にまた、津軽の歴史の大略でもある。津軽の歴史に就いては、また後のペエジにおいて詳述するつもりであるが、いまは、弘前に就いての私の昔の思い出を少し書いて、この津軽の序編を結ぶことにする。

　私は、この弘前の城下に三年いたのである。弘前高等学校の文科に三年いたのであるが、その頃、私は大いに義太夫に凝っていた。甚だ異様なものであった。学校からの帰りには、義太夫の女師匠の家へ立ち寄って、さいしょは朝顔日記であったろうか。何が何やら、いまはことごとく忘れてしまったけれども、野崎村、壺坂(つぼさか)、それから紙治(かみじ)など一とおり当時は覚え込んでいたのである。どうしてそんな、がらにない奇怪なことをはじめたのか。私はその責任の全部を、この弘前市に負わせようとは思わないが、しかし、その責任の一斑は弘前市に引き受けていただきたいと思っている。義太夫が、不思議にさかんなまちなのである。ときどき素人の義太夫発表会が、まちの劇場でひらかれる。私も、いちど聞きに行ったが、まちの旦那たちが、ちゃんと裃を着て、真面目に義太夫を唸っている。いずれもあまり、上手ではなかったが、少しも気障なところがなく、すこぶる良心的な語り方で、大真面目に唸っている。青森市にも昔から粋人が少なくなかったようであるが、芸者たちから、兄さんうまいわね、と言われたいばかりの端唄の稽古、または、自分の粋人振りを政策やら商策やらの武器として用いている抜け目のない人さえあるらしく、つまらない芸事に何ということもなく馬鹿な大汗をかいて勉強致しているこのような可憐な旦那は、弘前市の方に多く見かけられるように思われる。つまり、この弘前市には、未だに、ほんものの馬鹿者が残っているらしいのである。永慶軍記という古書にも、「奥羽両州の人の心、愚にして、威強き者にも随ふ事を知らず、彼は先祖の敵なるぞ、是は賤しきものなるぞ、ただ時の武運つよくして、威勢にほこる事にこそあれ、とて、随はず。」という言葉が記されているそうだが、弘前の人には、そのような、ほんものの馬鹿意地があって、負けても負けても強者にお辞儀をすることを知らず、自矜の孤高を固守して世のもの笑いになるという傾向があるようだ。私もまた、ここに三年いたおかげで、ひどく懐古的になって、義太夫に熱中してみたり、また、次のような男になった。次の文章は、私の昔の小説の一節であって、やはりおどけた虚構には違いないのであるが、しかし、およその雰囲気においては、まずこんなものであった、と苦笑しながら白状せざるを得ないのである。

「喫茶店で、葡萄酒飲んでいるうちは、よかったのですが、そのうちに割烹店へ、のこのこはいっていって芸者と一緒に、ごはんを食べることなど覚えたのです。少年は、それを別段、わるいこととも思いませんでした。粋な、やくざなふるまいは、つねに最も高尚な趣味であると信じていました。城下まちの、古い静かな割烹店へ、二度、三度、ごはんを食べに行っているうちに、少年のお洒落の本能はまたもむっくり頭をもたげ、こんどは、それこそ大変なことになりました。芝居で見た『め組の喧嘩』の鳶の者の服装して、割烹店の奥庭に面したお座敷で大あぐらかき、おう、ねえさん、きょうはめっぽう、きれえじゃねえか、などと言ってみたく、ワクワクしながら、その服装の準備にとりかかりました。紺の腹掛け。あれは、すぐ手にはいりました。あの腹掛けのドンブリに、古風な財布をいれて、こう懐手して歩くと、いっぱしの、やくざに見えます。角帯も買いました。締め上げるときゅっと鳴る博多の帯です。唐桟の単衣を一まい呉服屋さんにたのんで、こしらえてもらいました。鳶の者だか、ばくち打ちだか、お店ものだか、わけのわからぬ服装になってしまいました。統一がないのです。とにかく、芝居に出て来る人物の印象を与えるような服装だったら、少年はそれで満足なのでした。初夏のころで、少年は素足に麻裏草履をはきました。そこまではよかったのですが、ふと少年は妙なことを考えました。それは股引(ももひき)に就いてでありました。紺の木綿(もめん)のピッチリした長股引を、芝居の鳶の者が、はいているようですけれど、あれを欲しいと思いました。ひょっとこめと言って、ぱっと裾(すそ)をさばいて、くるりと尻(けつ)をまくる。あのときに紺の股引が眼にしみるほど引き立ちます。さるまた一つでは、いけません。少年は、その股引を買い求めようと、城下まちを端から端まで走り廻りました。どこにもないのです。あのね、ほら、あの左官屋さんなんか、はいているじゃないか、ぴちっとした紺の股引さ、あんなのないかしら、ね、と懸命に説明して、呉服屋さん、足袋(たび)屋さんに聞いて歩いたのですが、さあ、あれは、いま、と店の人たち笑いながら首を振るのでした。もう、だいぶ暑いころで、少年は、汗だくで捜し廻り、とうとうある店の主人から、それは、うちにはございませぬが、横丁まがると消防のもの専門の家がありますから、そこへ行ってお聞きになると、ひょっとしたらわかるかもしれません、といいことを教えられ、なるほど消防とは気がつかなかった。鳶の者と言えば、火消しのことで、いまで言えば消防だ、なるほど道理だ、と勢いづいて、その教えられた横丁の店に飛び込みました。店には大小の消火ポンプが並べられてありました。纏(まとい)もあります。なんだか心細くなって、それでも勇気を鼓舞して、股引ありますか、と尋ねたら、あります、と即座に答えて持って来たものは、紺の木綿の股引には、ちがいないけれども、股引の両外側に太く消防のしるしの赤線が縦にずんと引かれていました。流石にそれをはいて歩く勇気もなく、少年は淋しく股引をあきらめる他なかったのです。」

さすがの馬鹿の本場においても、これくらいの馬鹿は少なかったかもしれない。書き写しながら作者自身、すこし憂鬱になった。この、芸者たちと一緒にごはんを食べた割烹店の在る花街を、榎小路、とは言わなかったかしら。何しろ二十年ちかく昔のことであるから、記憶も薄くなってはっきりしないが、お宮の坂の下の、榎小路、というところだったと覚えている。また、紺の股引を買いに汗だくで歩き廻ったところは、土手町という城下において最も繁華な商店街である。それに較べると、青森の花街の名は、浜町である。その名に個性がないように思われる。弘前の土手町に相当する青森の商店街は、大町と呼ばれている。これも同様のように思われる。ついでだから、弘前の町名と、青森の町名とを次に列記してみよう。この二つの小都会の性格の相違が案外はっきりしてくるかもしれない。本町、在府町、土手町、住吉町、桶屋町、銅屋町、茶畑町、代官町、萱町、百石町、上鞘師町、下鞘師町、鉄砲町、若党町、小人町、鷹匠町、五十石町、紺屋町、などというのが弘前市の街の名である。それに較べて、青森市の街々の名は、次のようなものである。浜町、新浜町、大町、米町、新町、柳町、寺町、堤町、塩町、蜆貝町、新蜆貝町、浦町、浪打、栄町。

けれども私は、弘前市を上等のまち、青森市を下等の町だと思っているのでは決してない。鷹匠町、紺屋町などの懐古的な名前は何も弘前市にだけ限った町名ではなく、日本全国の城下まちに必ず、そんな名前の町があるものだ。なるほど弘前市の岩木山は、青森市の八甲田山よりも秀麗である。けれども、津軽出身の小説の名手、葛西善蔵氏は、郷土の後輩にこう言って教えている。「自惚れちゃいけないぜ。岩木山が素晴らしく見えるのは、岩木山の周囲に高い山がないからだ。他の国に行ってみろ。あれくらいの山は、ざらにあら。周囲に高い山がないから、あんなに有難く見えるんだ。自惚れちゃいけないぜ。」

歴史を有する城下町は、日本全国に無数と言ってよいくらいにたくさんあるのに、どうして弘前の城下町の人たちは、あんなに依怙地にその封建性を自慢みたいにしているのだろう。ひらき直って言うまでもないことだが、九州、西国、大和などに較べると、この津軽地方などは、ほとんど一様に新開地と言ってもいいくらいのものなのだ。全国に誇り得るどのような歴史を有しているのか。近くは明治御維新のときだって、この藩からどのような勤皇家が出たか。藩の態度はどうであったか。露骨に言えば、ただ、他藩の驥尾に附して進退しただけのことではなかったか。どこにいったい誇るべき伝統があるのだ。けれども弘前人は頑固に何やら肩をそびやかしている。そうして、どんなに勢強きものに対しても、かれは賤しきものなるぞ、ただ時の運つよくして威勢にほこる事にこそあれ、とて、随わぬのである。この地方出身の陸軍大将一戸兵衛閣下は、帰郷のときには必ず、和服にセルの袴であったという話を聞いている。将星の軍装で帰郷するならば、郷里の者たちはすぐさま目をむき肘を張り、彼なにほどの者ならん、ただ時の運つよくして、などと言うのがわかっていたから、賢明に、帰郷のときは和服にセルの袴ときめておられたというような話を聞いたが、全部が事実でないとしても、このような伝説が起こるのも無理がないと思われるほど、弘前の城下の人たちには何が何やらわからぬ稜々たる反骨があるようだ。何を隠そう、実は、私にもそんな始末のわるい骨が一本あって、そのためばかりでもなかろうが、まあ、おかげで未だにその日暮らしの長屋住居から浮かび上がることが出来ずにいるのだ。数年前、私はある雑誌社から「故郷に贈る言葉」を求められて、その返答に曰く、

汝を愛し、汝を憎む。

だいぶ弘前の悪口を言ったが、これは弘前に対する憎悪ではなく、作者自身の反省である。私は津軽の人である。私の先祖は代々、津軽藩の百姓であった。いわば純血種の津軽人である、だから少しも遠慮なく、このように津軽の悪口を言うのである。他国の人が、もし私のこのような悪口を聞いて、そうして安易に津軽を見くびったら、私はやっぱり不愉快に思うだろう。なんと言っても、私は津軽を愛しているのだから。

弘前市。現在の戸数は一万、人口は五万余。弘前城と、最勝院の五重塔とは、国宝に指定せられている。桜の頃の弘前公園は、日本一と田山花袋が折紙をつけてくれているそうだ。お山参詣と言って、毎年陰暦七月二十八日より八月一日に到る三日間、津軽の霊峰岩木山の山頂奥宮におけるお祭りに参詣する人、数万、参詣の行き帰り躍りながらこのまちを通過し、まちは殷賑を極める。旅行案内記には、まずざっとそのようなことが書かれてある。けれども私は、弘前市を説明するに当って、それだけでは、どうしても不服なのである。それゆえ、あれこれと年少の頃の記憶をたどり、何か一つ、弘前の面目を躍如たらしむるものを描写したかったのであるが、どれもこれも、たわいない思い出ばかりで、うまくゆかず、とうとう自分にも思いがけなかったひどい悪口など出てきて、作者みずから途方に暮れるばかりである。私はこの旧津軽藩の城下まちに、こだわりすぎているのだ。ここは私たち津軽人の窮極の魂の拠りどころでなければならぬはずなのに、どうも、それにしては、私のこれまでの説明だけでは、この城下まちの性格が、まだまだあいまいである。桜花に包まれた天守閣は、何も弘前城に限ったことではない。日本全国たいていのお城は桜花に包まれているではないか。その桜花に包まれた天守閣が傍に控えているからとて、大鰐温泉が津軽の匂いを保守できるとは、きまっていないではないか。弘前城が控えている限り、大鰐温泉は都会の残瀝をすすり悪酔いするなどのことはあるまい、とついさっき、ばかに調子づいて書いたはずだが、いろいろ考えて、考えつめて行くと、それもただ、作者の美文調のだらしない感傷にすぎないような気がしてきて、何もかも、たよりにならず、心細くなるばかりである。いったいこの城下まちは、だらしないのだ。旧藩主の代々のお城がありながら、県庁を他の新興のまちに奪われている。日本全国、たいていの県庁所在地は、旧藩の城下まちである。青森県の県庁を、弘前市でなく、青森市に持って行かざるを得なかったところに、青森県の不幸があったとさえ私は思っている。私は決して青森市を特にきらっているわけではない。新興のまちの繁栄を見るのも、また爽快である。私は、ただ、この弘前市の負けていながら、のほほん顔でいるのが歯がゆいのである。負けているものに、加勢したいのは自然の人情である。私は何とかして弘前市の肩を持ってやりたく、まったく下手な文章ながら、あれこれと工夫して努めて書いてきたのであるが、弘前市の決定的な美点、弘前城の独特の強さを描写することはついに出来なかった。重ねて言う。ここは津軽人の魂の拠りどころである。何かあるはずである。日本全国、どこを捜しても見つからぬ特異の見事な伝統があるはずである。私はそれを、たしかに予感しているのであるが、それが何であるか、形にあらわして、はっきりこれと読者に誇示できないのが、くやしくてたまらない。この、もどかしさ。

あれは春の夕暮れだったと記憶しているが、弘前高等学校の文科生だった私は、ひとりで弘前城を訪れ、お城の広場の一隅に立って、岩木山を眺望したとき、ふと脚下に、夢の町がひっそりと展開しているのに気がつき、ぞっとしたことがある。私はそれまで、この弘前城を、弘前のまちのはずれに孤立しているものだとばかり思っていたのだ。けれども、見よ、お城のすぐ下に、私のいままで見たこともない古雅な町が、何百年も昔のままの姿で小さい軒を並べ、息をひそめてひっそりうずくまっていたのだ。ああ、こんなところにも町があった。年少の私は夢を見るような気持で思わず深い溜息(ためいき)をもらしたのである。万葉集などによく出てくる「隠沼(こもりぬ)」というような感じである。私は、なぜだか、その時、弘前を、津軽を、理解したような気がした。この町の在る限り、弘前は決して凡庸のまちではないと思った。とは言っても、これもまた私の、いい気な独り合点で、読者には何のことやらおわかりにならぬかもしれないが、弘前城はこの隠沼を持っているから稀代(きだい)の名城なのだ、といまになっては私も強引に押し切るより他はない。隠沼のほとりに万朶(ばんだ)の花が咲いて、そうして白壁の天守閣が無言で立っているとしたら、その城は必ず天下の名城にちがいない。そうして、その名城の傍の温泉も、永遠に淳朴(じゅんぼく)の気風を失うことはないであろうと、ちかごろの言葉で言えば、「希望的観測」を試みて、私はこの愛する弘前城と訣別(けつべつ)することにしよう。思えば、おのれの肉親を語ることが至難の業であると同様に、故郷の核心を語ることも容易に出来る業ではない。ほめていいのか、けなしていいのか、わからない。私はこの津軽の序編において、金木、五所川原、青森、弘前、浅虫、大鰐に就いて、私の年少の頃の思い出を展開しながら、また、身のほど知らぬ冒瀆の批評の蕪辞をつらねたが、果たして私はこの六つの町を的確に語り得たか、どうか、それを考えると、おのずから憂鬱にならざるを得ない。罪万死に当るべき暴言を吐いているかもしれない。この六つの町は、私の過去において最も私と親しく、私の性格を創成し、私の宿命を規定した町であるから、かえって私はこれらの町に就いて盲目なところがあるかもしれない。これらの町を語るに当って、私は決して適任者ではなかったということを、いま、はっきり自覚した。以下、本編において私は、この六つの町に就いて語ることは努めて避けたい気持である。私は、他の津軽の町を語ろう。

あるとしの春、私は、生れてはじめて本州北端、津軽半島をおよそ三週間ほどかかって一周したのであるが、という序編の冒頭の文章に、いよいよこれから引き返して行くわけであるが、私はこの旅行によって、まったく生れてはじめて他の津軽の町村を見たのである。それまでは私は、本当に、あの六つの町の他は知らなかったのである。小学校の頃、遠足に行ったり何かして、金木の近くの幾つかの部落を見たことはあったが、それは現在の私に、なつかしい思い出として色濃く残ってはいないのである。中学時代の暑中休暇には、金木の生家に帰っても、二階の洋室の長椅子に寝ころび、サイダーをがぶがぶラッパ飲みしながら、兄たちの蔵書を手当り次第に読み散らして暮らし、どこへも旅行に出なかったし、高等学校時代には、休暇になると必ず東京の、すぐ上の兄（この兄は彫刻を学んでいたが、二十七歳で死んだ）その兄の家へ遊びに行ったし、高等学校を卒業と同時に東京の大学へ来て、それっきり十年も故郷へ帰らなかったのであるから、このたびの津軽旅行は、私にとって、なかなか重大の事件であったと言わざるを得ない。

私はこのたびの旅行で見てきた町村の、地勢、地質、天文、財政、沿革、教育、衛生などに就いて、専門家みたいな知ったかぶりの意見は避けたいと思う。私がそれを言ったところで、所詮（しょせん）は、一夜勉強の恥ずかしい軽薄の鍍金（めっき）である。それらに就いて、くわしく知りたい人は、その地方の専門の研究家に聞くがよい。私には、また別の専門科目があるのだ。世人は仮りにその科目を愛と呼んでいる。人の心と人の心の触れ合いを研究する科目である。私はこのたびの旅行において、主としてこの一科目を追及した。どの部門から追及しても、結局は、津軽の現在生きている姿を、そのまま読者に伝えることが出来たならば、昭和の津軽風土記として、まずまあ、及第ではなかろうかと私は思っているのだが、ああ、それが、うまくゆくといいけれど。

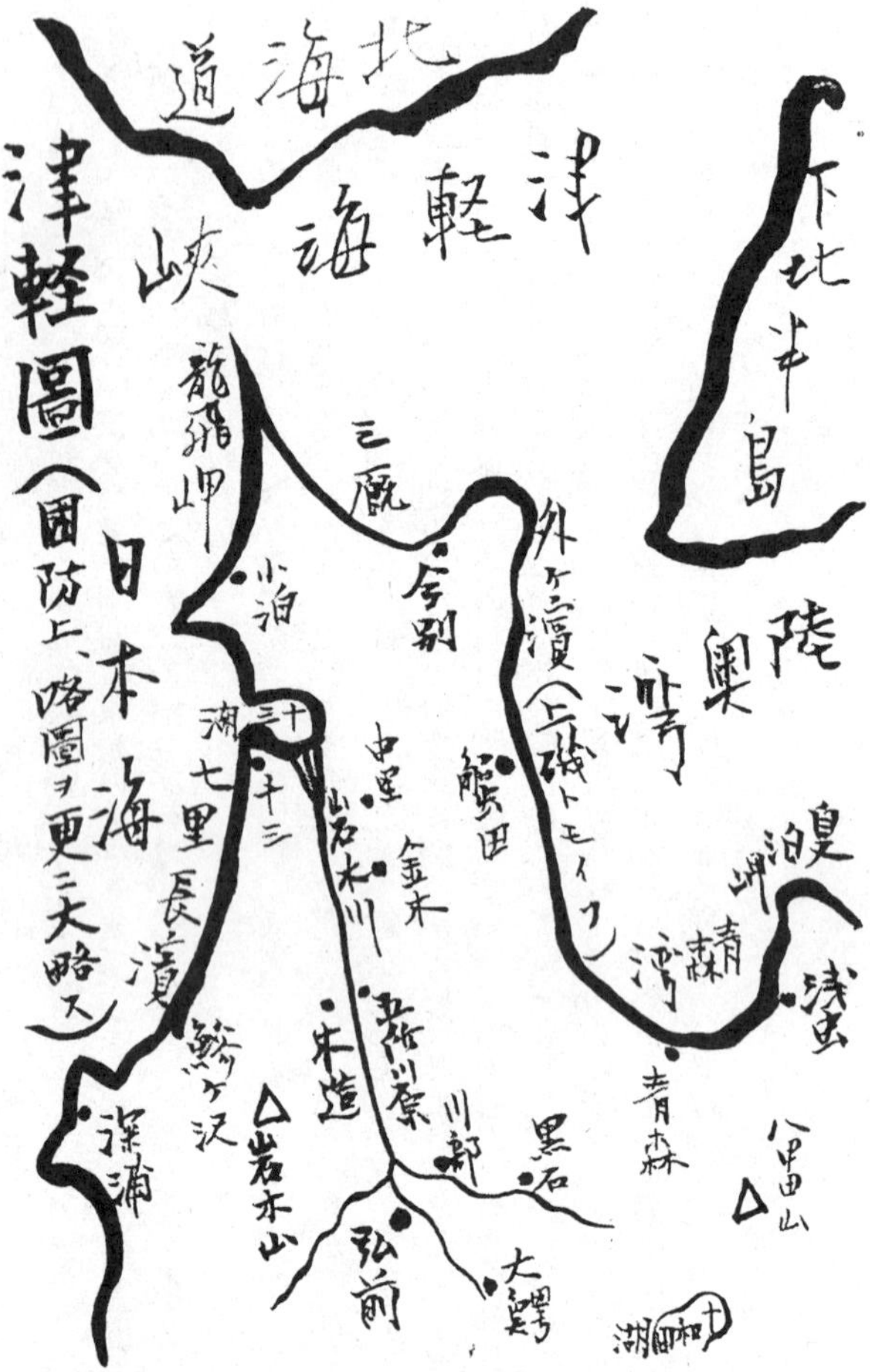

津輕圖（國防上、略圖ヲ更ニ大略ス）

北海道
津輕海峽
下北半島
陸奥灣
日本海
龍飛岬
三厩
小泊
今別
外ヶ濱（上磯トモイフ）
十三湖
十三
七里長濱
中里
蟹田
金木
岩木川
五所川原
木造
鰺ヶ沢
深浦
岩木山
弘前
川部
黒石
青森
青森灣
夏泊岬
淺虫
八甲田山
大鰐
十和田湖

本編

一　巡礼

「ね、なぜ旅に出るの？」

「苦しいからさ。」

「あなたの（苦しい）は、おきまりで、ちっとも信用できません。」

「正岡子規三十六、尾崎紅葉三十七、斎藤緑雨（りょくう）三十八、国木田独歩三十八、長塚節（たかし）三十七、芥川龍之介三十六、嘉村礒多（かむらいそた）三十七。」

「それは、何のことなの？」

「あいつらの死んだとしさ。ばたばた死んでいる。おれもそろそろ、そのとしだ。作家にとって、これくらいの年齢のときが、いちばん大事で、」

「そうして、苦しいときなの？」

「何を言ってやがる。ふざけちゃいけない。お前にだって、少しは、わかっているはずだがね。もう、これ以上は言わん。言うと、気障になる。おい、おれは旅に出るよ。」

私もいい加減にとしをとったせいか、自分の気持の説明などは、気障なことのように思われて、（しかも、それはたいていありふれた文学的な虚飾なのだから）何も言いたくないのである。

津軽のことを書いてみないか、とある出版社の親しい編輯者に前から言われていたし、私も生きているうちに、いちど、自分の生れた地方の隅々まで見ておきたくて、ある年の春、乞食のような姿で東京を出発した。

五月中旬のことである。乞食のような、という形容は、多分に主観的の意味で使用したのであるが、しかし、客観的に言ったって、あまり立派な姿ではなかった。私には背広服が一着もない。勤労奉仕の作業服があるだけである。それも仕立屋に特別に註文して作らせたものではなかった。有り合わせの木綿の布切れを、家の者が紺色に染めて、ジャンパーみたいなものと、ズボンみたいなものにでっち上げた何だか合点のゆかない見馴れぬ型の作業服なのである。染めた直後は、布地の色もたしかに紺であったはずだが、一、二度着て外へ出たら、たちまち変色して、むらさきみたいな妙な色になった。むらさきの洋装は、女でも、よほどの美人でなければ似合わない。私はそのむらさきの作業服に緑色のスフのゲートルをつけて、ゴム底の白いズックの靴をはいた。帽子は、スフのテニス帽。あの洒落者が、こんな姿で旅に出るのは、生れてはじめてのことであった。けれども流石に背中のリュックサックには、母の形見を縫い直して仕立てた縫い紋の一重羽織と大島の袷、それから仙台平の袴を忍ばせていた。いつ、どんなことがあるかもわからない。

　十七時三十分上野発の急行列車に乗ったのだが、夜のふけると共に、ひどく寒くなってきた。私は、そのジャンパーみたいなものの下に、薄いシャツを二枚着ているだけなのである。ズボンの下には、パンツだけだ。冬の外套を着て、膝掛けなどを用意して来ている人さえ、寒い、今夜はまたどうしたのかへんに寒い、と騒いでいる。私にも、この寒さは意外であった。東京ではその頃すでに、セルの単衣を着て歩いている気早やな人もあったのである。私は、東北の寒さを失念していた。私は手足を出来るだけ小さくちぢめて、それこそ全く亀縮の形で、ここだ、心頭滅却の修行はここだ、と自分に言い聞かせてみたけれども、暁に及んでいよいよ寒く、心頭滅却の修行もいまはあきらめて、ああ早く青森に着いて、どこかの宿で炉辺に大あぐらをかき、熱燗のお酒を飲みたい、とすこぶる現実的なことを一心に念ずる下品な有様となった。青森には、朝の八時に着いた。T君が駅に迎えに来ていた。私が前もって手紙で知らせておいたのである。

「和服でおいでになると思っていました。」

「そんな時代じゃありません。」私は努めて冗談めかしてそう言った。

T君は、女のお子さんを連れて来ていた。ああ、このお子さんにお土産を持って来ればよかったと、その時すぐに思った。

「とにかく、私の家へちょっとお寄りになってお休みになったら?」

「ありがとう。きょうおひる頃までに、蟹田のN君のところへ行こうと思っているんだけど。」

「存じております。Nさんから聞きました。Nさんも、お待ちになっているようです。とにかく、蟹田行きのバスが出るまで、私の家で一休みしたらいかがです。」

炉辺に大あぐらをかき熱燗のお酒を、という私のけしからぬ俗な念願は、奇蹟的に実現せられた。T君の家では囲炉裏にかんかん炭火がおこって、そうして鉄瓶には一本お銚子がいれられていた。

「このたびは御苦労さまでした。」とT君は、あらたまって私にお辞儀をして「ビールのほうが、いいんでしたかしら。」

「いや、お酒が。」私は低く咳ばらいした。

T君は昔、私の家にいたことがある。おもに鶏舎の世話をしていた。私と同じとしだったので、仲良く遊んだ。「女中たちを呶鳴り散らすところが、あれの悪いような善いようなところだ」とその頃、祖母がT君を批評して言ったのを私は聞いて覚えている。のちT君は青森に出て来て勉強して、それから青森市のある病院に勤めて、患者からも、また病院の職員たちからも、かなり信頼されていた様子である。先年出征して、南方の孤島で戦い、病気になって昨年帰還し、病気をなおしてまた以前の病院につとめているのである。

「戦地でいちばん、うれしかったことは何かね。」

「それは、」T君は言下に答えた。「戦地で配給のビールをコップに一ぱい飲んだときです。大事に大事に少しずつ吸い込んで、途中でコップを唇から離して一息つこうと思ったのですが、どうしてもコップが唇から離れないのですね。どうしても離れないのです。」

T君もお酒の好きな人であった。けれども、いまは、少しも飲まない。そうして時々、軽く咳をしている。

「どうだね、からだのほうは。」T君はずっと以前に一度、肋膜を病んだことがあって、こんどそれが戦地で再発したのである。

「病院で病人の世話をするには、自分でも病気でいちど苦しんでみなければ、わからないところがあります。こんどは、いい体験を得ました。」

「さすがに人間ができてきたようだね。じっさい、胸の病気なんてものは、」と私は、少し酔ってきたので、おくめんもなく医者に医学を説きはじめた。「精神の病気なんだ。忘れちまえば、なおるもんだ。たまには大いに酒でも飲むさ。」

「ええ、まあ、ほどよくやっています。」と言って、笑った。私の乱暴な医学は、本職にはあまり信用されないようであった。

「何か召し上がりませんか。青森にも、このごろは、おいしいおさかなが少なくなって。」

「いや、ありがとう。」私は傍のお膳をぼんやり眺めながら、「おいしそうなものばかりじゃないか。手数をかけるね。でも、僕は、そんなにたべたくないんだ。」

　こんど津軽へ出掛けるに当って、心にきめたことが一つあった。それは、食物に淡白なれ、ということであった。私は別に聖者でもなし、こんなことを言うのは甚だてれくさいのであるが、東京の人は、どうも食い物をほしがりすぎる。私は自身古くさい人間のせいか、武士は食わねど高楊枝などという、ちょっとやけくそにも似たあの馬鹿馬鹿しい痩せ我慢の姿を滑稽に思いながらも愛しているのである。何もことさらに楊枝まで使ってみせなくてもよさそうに思われるのだが、そこが男の意地である。男の意地というものは、とかく滑稽な形であらわれがちのものである。東京の人の中には、意地も張りもなく、地方へ行って、自分たちはいまほとんど餓死せんばかりの状態なのです、とひどく大袈裟に窮状を訴え、そうして田舎の人の差し出す白米のごはんなどを拝んで食べて、お追従たらたら、何かもっと食べるものはありませんか、おいもですか、そいつは有難い、幾月ぶりでこんなおいしいおいもを食べることでしょう、ついでに少し家へ持って帰りたいのですけれども、わけていただけませんでしょうかしら、などと満面に卑屈の笑いを浮かべて歎願する人がたまにあるとかいう噂を聞いた。東京の人みなが、確実に同量の食料の配給を受けているはずである。その人ひとりが、特別に餓死せんばかりの状態なのは奇怪である。あるいは胃拡張なのかもしれないが、とにかく食べ物の哀訴歎願は、みっともない。お国のため、などと開き直ったことは言わずとも、いつの世だって、人間としての誇りは持ち堪えていたいものだ。東京の少数の例外者が、地方へ行って、ひどく出鱈目に帝都の食料不足を訴えるので、地方の人たちは、東京から来た客人を、すべて食べものをあさりに来たものとして軽蔑して取り扱うようになったという噂も聞いた。私は津軽へ、食べものをあさりに来たのではない。姿こそ、むらさき色の乞食にも似ているが、私は真理と愛情の乞食だ、白米の乞食ではない！　と東京の人全部の名誉のためにも、演説口調できざな大見得を切ってやりたいくらいの決意をひめて津軽へ来たのだ。もし、誰か私に向かって、さあさ、このごはんは白米です。おなかが破れるほど食べて下さい、東京はひどいって話じゃありませんか、としんからの好意をもって言ってくれても、私は軽く一ぱいだけ食べて、そうしてこう言おうと思っていた。「なれたせいか、東京のごはんのほうがおいしい。副食物だって、ちょうどなくなったと思った頃に、ちゃんと配給があります。いつのまにやら胃の腑が撤収して小さくなっているので、少したべると満腹します。よくしたもんですよ。」

けれども私のそんなひねくれた用心は、まったく無駄であった。私は津軽のあちこちの知り合いの家を訪れたが、一人として私に、白いごはんですよ、腹の破れるほど食い溜めなさいなどと言ってくれた人はなかった。殊にも、私の生家の八十八歳の祖母などに至っては、「東京はおいしいものが何でもあるところだから、お前に、何かおいしいものを食べさせようと思っても困ってしまうな。瓜の粕漬けでも食べさせたいが、どうしたわけだか、このごろ酒粕もとんとないてば。」と面目なさそうに言うので、私は実に幸福な気がした。いわば私は、食べ物などのことにはあまり敏感でないおっとりした人たちとばかり逢ったのである。私は自分の幸運を神に感謝した。あれも持って行け、これも持って行け、と私に食料品のお土産をしつこく押しつけた人もなかった。おかげで私は軽いリュックサックを背負って気楽に旅をつづけることが出来たのであるが、けれども帰京してみると、私の家には、それぞれの旅先の優しい人たちからの小包が、私よりもさきにいっぱいとどいていたので呆然とした。それは余談だが、とにかく、T君もそれ以上私に食べものをすすめはしなかったし、東京の食べ物はどんな工合であるかなどということは、一ぺんも話題にのぼらなかった。おもな話題は、やはり、むかし二人が金木の家で一緒に遊んだ頃の思い出であった。

「僕は、しかし君を、親友だと思っているんだぜ。」実に乱暴な、失敬な、いやみったらしく気障（きざ）ったらしい芝居気たっぷりの、思い上がった言葉である。私は言ってしまって身悶（みもだ）えした、他に言いかたがないものか。

「それは、かえって愉快じゃないんです。」T君も敏感に察したようである。「私は金木のあなたの家に仕えた者です。そうして、あなたは御主人です。そう思っていただかないと、私は、うれしくないんです。へんなものですね。あれから二十年も経っていますけれども、いまでもしょっちゅう金木のあなたの家の夢を見るんです。戦地でも見ました。鶏の餌（えさ）をやることを忘れた、しまった！　と思って、はっと夢から醒（さ）めることがあります。」

バスの時間が来た。私はT君と一緒に外へ出た。もう寒くはない。お天気はいいし、それに、熱燗のお酒も飲んだし、寒いどころか、額に汗がにじみ出てきた。合浦（がっぽ）公園の桜は、いま、満開だという話であった。青森市の街路は白っぽく乾いて、いや、酔眼に映った出鱈目な印象を述べることは慎しもう。青森市は、いま造船で懸命なのだ。途中、中学時代に私がお世話になった豊田のお父さんのお墓におまいりして、バスの発着所にいそいだ。どうだね、君も一緒に蟹田へ行かないか、と昔の私ならば、気軽に言えたのであろうが、私も流石にとしをとって少しは遠慮ということを覚えてきたせいか、それとも、いや、気持のややこしい説明はよそう。つまり、お互い、大人（おとな）になったのであろう。大人というものは侘しいものだ。愛し合っていても、用心して、他人行儀を守らなければならぬ。なぜ、用心深くしなければならぬのだろう。その答は、なんでもない。見事に裏切られて、赤恥をかいたことが多すぎたからである。人は、あてにならない、という発見は、青年の大人に移行する第一課である。大人とは、裏切られた青年の姿である。私は黙って歩いていた。突然T君のほうから出した。

「私は、あした蟹田へ行きます。あしたの朝、一番のバスで行きます。Nさんの家で逢いましょう。」

「病院のほうは?」

「あしたは日曜です。」

「なあんだ、そうか。早く言えばいいのに。」

私たちには、まだ、たわいない少年の部分も残っていた。

二　蟹田

津軽半島の東海岸は、昔から外ヶ浜と呼ばれて船舶の往来の繁盛だったところである。青森市からバスに乗って、この東海岸を北上すると、後潟、蓬田、蟹田、平舘、一本木、今別、等の町村を通過し、義経の伝説で名高い三厩に到着する。所要時間、約四時間である。三厩はバスの終点である。三厩から浪打ち際の心細い路を歩いて、三時間ほど北上すると、竜飛の部落にたどりつく。文字どおり、路の尽きる個所である。ここの岬は、それこそぎりぎりの本州の北端で、この外ヶ浜一帯は、津軽地方において、最も古い歴史の存するところなのである。そうして蟹田町は、その外ヶ浜において最も大きい部落なのだ。青森市からバスで、後潟、蓬田を通り、約一時間半、とは言ってもまあ二時間ちかくで、この町に到着する。いわゆる、外ヶ浜の中央部である。戸数は一千に近く、人口は五千をはるかに越えている様子である。ちかごろ新築したばかりらしい蟹田警察署は、外ヶ浜全線を通じていちばん堂々として目立つ建築物の一つであろう。蟹田、蓬田、平館、一本木、今別、三厩、つまり外ヶ浜の部落全部が、ここの警察署の管轄区域になっている。竹内運平という弘前の人の著した「青森県通史」によれば、この蟹田の浜は、昔は砂鉄の産地であったとか、いまは全く産しないが、慶長年間、弘前城築城の際には、この浜の砂鉄を精錬して用いたそうで、また、寛文九年の蝦夷蜂起のときには、その鎮圧のために大船五艘を、この蟹田浜で新造したこともあり、また、四代藩主信政の、元禄年間には、津軽九浦の一つに指定せられ、ここに町奉行を置き、主として木材輸出のことを管せしめた由であるが、これらのことは、すべて私があとで調べて知ったことで、それまでは私は、蟹田は蟹の名産地、そうして私の中学時代の唯一の友人のN君がいるということだけしか知らなかったのである。私がこんど津軽を行脚するに当ってN君のところへ立ち寄ってごやっかいになりたく、前もってN君に手紙を差し上げたが、その手紙にも、「なんにも、おかまい下さるな。あなたは、知らん振りをしていて下さい。お出迎えなどは、決して、しないで下さい。でも、リンゴ酒と、それから蟹だけは。」というようなことを書いてやったはずで、食べものには淡白なれ、という私の自戒も、蟹だけには除外例を認めていたわけである。私は蟹が好きなのである。どうしてだか好きなのである。蟹、蝦、しゃこ、何の養分にもならないような食べものばかり好きなのである。それから好むものは、酒である。飲食においては何の関心もなかったはずの、愛情と真理の使徒も、話ここに到って、はしなくも生来の貪婪性の一端を暴露しちゃった。

　蟹田のN君の家では、赤い猫脚の大きいお膳に蟹を小山のように積み上げて私を待ち受けてくれていた。

「リンゴ酒でなくちゃいけないかね。日本酒も、ビールも駄目かね。」と、N君は、言いにくそうにして言うのである。

　駄目どころか、それはリンゴ酒よりいいにきまっているのであるが、しかし、日本酒やビールの貴重なことは「大人」の私は知っているので、遠慮して、リンゴ酒と手紙に書いたのである。津軽地方には、このごろ、甲州における葡萄酒のように、リンゴ酒がわりあい豊富だという噂を聞いていたのだ。

「それあ、どちらでも。」私は複雑な微笑をもらした。

N君は、ほっとした面持で、

「いや、それを聞いて安心した。僕は、どうも、リンゴ酒は好きじゃないんだ。実はね、女房の奴が、君の手紙を見て、これは太宰が東京で日本酒やビールを飲みあきて、故郷の匂いのするリンゴ酒をひとつ飲んでみたくて、こう手紙にも書いているのに相違ないから、リンゴ酒を出しましょうと言うのだが、僕はそんなはずはない、あいつがビールや日本酒をきらいになったはずはない、あいつは、がらにもなく遠慮しているに違いないと言ったんだ。」

「でも、奥さんの言も当っていないことはないんだ。」

「何を言ってる。もう、よせ。日本酒をさきにしますか？　ビール？」

「ビールは、あとのほうがいい。」私も少し図々しくなってきた。

「僕もそのほうがいい。おうい、お酒だ。お燗がぬるくてもかまわないから、すぐ持って来てくれ。」


何れの処か酒を忘れ難き。天涯旧情を話す。

青雲倶に達せず、白髪逓に相驚く。

二十年前に別れ、三千里外に行く。

此時一盞無くんば、何を以てか平生を叙せん。

（白居易）

私は、中学時代には、よその家へ遊びに行ったことは絶無であったが、どういうわけか、同じクラスのN君のところへは、実にしばしば遊びに行った。N君はその頃、寺町の大きい酒屋の二階に下宿していた。私たちは毎朝、誘い合って一緒に登校した。そうして、帰りには裏路の、海岸伝いにぶらぶら歩いて、雨が降っても、あわてて走ったりなどはせず、全身濡れ鼠になっても平気で、ゆっくり歩いた。いま思えば二人とも、すこぶる鷹揚に、抜けたようなところのある子であった。そこが二人の友情の鍵かもしれなかった。私たちはお寺の前の広場で、ランニングをしたり、テニスをしたり、また日曜には弁当を持って近くの山へ遊びに行った。「思い出」という私の初期の小説の中に出てくる「友人」というのはたいていこのN君のことなのである。N君は中学校を卒業してから、東京へ出て、ある雑誌社に勤めたようである。私はN君よりも二、三年おくれて東京へ出て、大学に籍を置いたが、その時からまた二人の交遊は復活した。N君の当時の下宿は池袋で、私の下宿は高田馬場であったが、しかし、私たちはほとんど毎日のように逢って遊んだ。こんどの遊びは、テニスやランニングではなかった。N君は雑誌社をよして、保険会社に勤めたが、何せ鷹揚な性質なので、私と同様、いつも人にだまされてばかりいたようである。けれども私は、人にだまされる度ごとに少しずつ暗い卑屈な男になって行ったが、N君はそれと反対に、いくらだまされても、いよいよのんきに、明るい性格の男になって行くのである。N君は不思議な男だ、ひがまないのが感心だ、あの点は祖先の遺徳と思うより他はない、と口の悪い遊び仲間も、その素直さには一様に敬服していた。N君は、中学時代にも金木の私の生家に遊びに来たことはあるが、東京に来てからも、戸塚の私のすぐの兄の家へ、ちょいちょい遊びに来て、そうしてこの兄が二十七で死んだときには、勤めを休んでいろいろの用事をしてくれて、私の肉親たち皆に感謝された。そのうちにN君は、田舎の家の精米業を継がなければならなくなって帰郷した。家業を継いでからも、その不思議な人徳により、町の青年たちの信頼を得て、二、三年前、蟹田の町会議員に選ばれ、また青年団の分団長だの、何とか会の幹事だの、いろいろな役を引き受けて、今では蟹田の町になくてはならぬ男の一人になっている模様なのである。その夜も、N君の家へこの地方の若い顔役が二、三人あそびに来て一緒にお酒やビールを飲んだけれども、N君の人気はなかなかのものらしく、やはり一座の花形であった。芭蕉翁(ばしょうおう)の行脚掟(あんぎゃおきて)として世に伝えられているものの中に、一、好みて酒を飲むべからず、饗応(きょうおう)により固辞しがたくとも微醺(びくん)にして止むべし、乱に及ばずの禁あり、という一箇条があったようであるが、あの論語の酒無量不及乱という言葉は、酒はいくら飲んでもいいが失礼な振る舞いをするな、という意味に私は解しているので、あえて翁の教えに従おうともしないのである。泥酔などして礼を失しない程度ならば、いいのである。当り前の話ではないか。私はアルコールには強いのである。芭蕉翁の数倍強いのではあるまいかと思われる。よその家でごちそうになって、そうして乱に及ぶなどという、それほどの馬鹿ではないつもりだ。此時一盞無くんば、何を以てか平生を叙せん、である。私は大いに飲んだ。なおまた翁の、あの行脚掟の中には、一、俳諧の外、雑話すべからず、雑話出づれば居眠りして労を養ふべし、という条項もあったようであるが、私はこの掟にも従わなかった。芭蕉翁の行脚は、私たち俗人から見れば、ほとんど蕉風宣伝のための地方御出張ではあるまいかと疑いたくなるほど、旅の行く先々において句会をひらき蕉風地方支部をこしらえて歩いている。俳諧の聴講生に取りまかれている講師ならば、それは俳諧の他の雑話を避けて、そうして雑話が出たら狸寝入りをしようが何をしようが勝手であろうが、私の旅は、何も太宰風の地方支部をこしらえるための旅ではなし、N君だってまさか私から、文学の講義を聞こうと思って酒席をもうけたわけじゃあるまいし、また、その夜、N君のお家へ遊びに来られた顔役の人たちだって、私がN君の昔からの親友であるという理由で私にも多少の親しみを感じてくれて、盃の献酬をしているというような実情なのだから、私が開き直って、文学精神の在りどころを説き来り説き去り、しこうして、雑談いづれば床柱を背にして狸寝入りをするというのは、あまりおだやかな仕草ではないように思われる。私はその夜、文学のことは一言も語らなかった。東京の言葉さえ使わなかった。かえって気障なくらいに努力して、純粋の津軽弁で話をした。そうして日常瑣事の世俗の雑談ばかりした。そんなにまでして勤めなくともいいのにと、酒席の誰かひとりが感じたに違いないと思われるほど、私は津軽の津島のオズカスとして人に対した。（津島修治というのは、私の生れたときからの戸籍名であって、また、オズカスというのは叔父糟という漢字でもあてはめたらいいのであろうか、三男坊や四男坊をいやしめて言うときに、この地方ではその言葉を使うのである。）こんどの旅によって、私をもういちど、その津島のオズカスに還元させようという企画も、私にないわけではなかったのである。都会人としての私に不安を感じて、津軽人としての私をつかもうとする念願である。言いかたを変えれば、津軽人とは、どんなものであったか、それを見極めたくて旅に出たのだ。私の生きかたの手本とすべき純粋の津軽人を捜し当てたくて津軽へ来たのだ。そうして私は、実に容易に、随所においてそれを発見した。誰がどうというのではない。乞食姿の貧しい旅人には、そんな思い上がった批評はゆるされない。それこそ、失礼きわまることである。私はまさか個人個人の言動、または私に対するもてなしの中に、それを発見しているのではない。そんな探偵みたいな油断のならぬ眼つきをして私は旅をしていなかったつもりだ。私はたいていうなだれて、自分の足もとばかり見て歩いていた。けれども自分の耳にひそひそと宿命とでもいうべきものを囁かれることが実にしばしばあったのである。私はそれを信じた。私の発見というのは、そのように、理由も形も何もない、ひどく主観的なものである。誰がどうしたとか、どなたが何とおっしゃったとか、私はそれには、ほとんど何もこだわるところがなかったのである。それは当然のことで、私などには、それにこだわる資格も何もないのであるが、とにかく、現実は、私の眼中になかった。「信じるところに現実はあるのであって、現実は決して人を信じさせることが出来ない。」という妙な言葉を、私は旅の手帖に、二度も繰り返して書いていた。

慎しもうと思いながら、つい、下手な感懐を述べた。私の理論はしどろもどろで、自分でも、何を言っているのか、わからない場合が多い。嘘を言っていることさえある。だから、気持の説明は、いやなのだ。何だかどうも、見え透いたまずい虚飾を行っているようで、慚愧赤面するばかりだ。かならず後悔ほぞを噛むと知っていながら、興奮するとつい、それこそ「廻らぬ舌に鞭打ち鞭打ち」口をとがらせて呶々と支離滅裂のことを言い出し、相手の心に軽蔑どころか、憐憫の情をさえ起こさせてしまうのは、これも私の哀しい宿命の一つらしい。

その夜は、しかし、私はそのような下手な感懐をもらすことはせず、芭蕉翁の遺訓にはそむいているようだったけれども、居眠りもせず大いに雑談にのみ打ち興じ、眼前に好物の蟹の山を眺めて夜の更けるまで飲みつづけた。N君の小柄でハキハキした奥さんは、私が蟹の山を眺めて楽しんでいるばかりで一向に手を出さないのを見てとり、これは蟹をむいてたべるのを大儀がっているのに違いないとお思いになった様子で、ご自分でせっせと蟹を器用にむいて、その白い美しい肉をそれぞれの蟹の甲羅につめて、フルウツ何とかという、あの、果物の原形を保持したままの香り高い涼しげな水菓子みたいな体裁にして、いくつもいくつも私にすすめた。おそらくは、けさ、この蟹田浜からあがったばかりの蟹なのであろう。もぎたての果実のように新鮮な軽い味である。私は、食べ物に無関心たれという自戒を平気で破って、三つも四つも食べた。この夜、奥さんは、来る人来る人みんなにお膳を差し上げて、この土地の人でさえ、そのお膳の豊潤に驚いていたくらいであった。顔役のお客さんたちが帰ってしまうと、私とN君は奥の座敷から茶の間へ酒席を移して、アトフキをはじめた。アトフキというのは、この津軽地方において、祝言か何か家に人寄せがあった場合、お客が皆かえった後で、身内の少数の者だけが、その残肴を集めてささやかにひらく慰労の宴のことであって、あるいは「後引き」の訛かもしれない。N君は私よりも更にアルコールに強いたちなので、私たちは共に、乱に及ぶ憂いはなかったが、

「しかし、君も、」と私は、深い溜息をついて、「相変わらず、飲むなあ。何せ僕の先生なんだから、無理もないけど。」

僕に酒を教えたのは、実に、このN君なのである。それは、たしかに、そうなのである。

「うむ。」とN君は盃を手にしたままで、真面目に首肯き、「僕だって、ずいぶんそのことに就いては考えているんだぜ。君が酒で何か失敗みたいなことをやらかすたんびに、僕は責任を感じて、つらかったよ。でもね、このごろは、こう考え直そうと努めているんだ。あいつは、僕が教えなくたって、ひとりで、酒飲みになった奴に違いない。僕の知ったことではないと。」

「ああ、そうなんだ。そのとおりなんだ。君に責任なんかありゃしないよ。全く、そのとおりなんだ。」

やがて奥さんも加わり、お互いの子供のことなど語り合って、しんみり、アトフキをやっているうちに、突如、鶏鳴あかつきを告げたので、大いに驚いて私は寝所へ引き上げた。

翌る朝、眼をさますと、青森市のT君の声が聞こえた。約束どおり、朝の一番のバスでやって来てくれたのだ。私はすぐにはね起きた。T君がいてくれると、私は、何だか安心で、気強いのである。T君は、青森の病院の、小説の好きな同僚の人をひとり連れて来ていた。また、その病院の蟹田分院の事務長をしているSさんという人も一緒に来ていた。私が顔を洗っている間に、三厩の近くの今別から、Mさんという小説の好きな若い人も、私が蟹田に来ることをN君からでも聞いていたらしく、はにかんで笑いながらやって来られた。Mさんは、N君とも、またT君とも、Sさんとも旧知の間柄のようである。これから、すぐ皆で、蟹田の山へ花見に行こうという相談がまとまった様子である。

観瀾山(かんらんざん)。私はれいのむらさきのジャンパーを着て、緑色のゲートルをつけて出掛けたのであるが、そのようなものものしい身支度をする必要は全然なかった。その山は、蟹田の町はずれにあって、高さが百メートルもないほどの小山なのである。けれども、この山からの見はらしは、悪くなかった。その日は、まぶしいくらいの上天気で、風は少しもなく、青森湾の向こうに夏泊岬(なつどまりみさき)が見え、また、平館海峡をへだてて下北半島が、すぐ真近かに見えた。東北の海と言えば、南方の人たちはあるいは、どす暗く険悪で、怒濤(どとう)逆巻く海を想像するかもしれないが、この蟹田あたりの海は、ひどく温和でそうして水の色も淡く、塩分も薄いように感ぜられ、磯(いそ)の香さえほのかである。雪の溶け込んだ海である。ほとんどそれは湖水に似ている。浪は優しく砂浜を嬲(なぶ)っている。そうして海浜のすぐ近くに網がいくつも立てられていて、蟹をはじめ、イカ、カレイ、サバ、イワシ、鱈(たら)、アンコウ、さまざまの魚が四季を通じて容易に捕獲できる様子である。この町では、いまも昔と変わらず、毎朝、さかなやがリヤカーにさかなをいっぱい積んで、イカにサバだじゃあ、アンコウにアオバだじゃあ、スズキにホッヶだじゃあ、と怒っているような大声で叫んで、売り歩いているのである。そうして、この辺のさかなやは、その日にとれたさかなばかりを売り歩いて、前日の売れ残りはいっさい取り扱わないようである。よそへ送ってしまうのかもしれない。だから、この町の人たちは、その日にとれた生きたさかなばかり食べているわけであるが、しかし、海が荒れたりなどしてたった一日でも漁のなかったときには、町中に一尾のなまざかなも見当らず、町の人たちは、干物と山菜で食事をしている。これは、蟹田に限らず、外ヶ浜一帯のどの漁村でも、また、外ヶ浜だけとも限らず、津軽の西海岸の漁村においても、全く同様である。蟹田はまた、すこぶる山菜にめぐまれているところのようである。蟹田は海岸の町ではあるが、また、平野もあれば、山もある。津軽半島の東海岸は、山がすぐ海岸に迫っているので、平野は乏しく、山の斜面に田や畑を開墾しているところも少なくない状態なので、山を越えて津軽半島西部の広い津軽平野に住んでいる人たちは、この外ヶ浜地方を、カゲ（山の陰(かげ)の意）と呼んで、多少、あわれんでいる傾向がないわけでもないように思われる。けれども、この蟹田地方だけは、決して西部に劣らぬ見事な沃野(よくや)を持っているのだ。西部の人たちに、あわれまれていると知ったら、蟹田の人たちは、くすぐったく思うだろう。蟹田地方には、蟹田川という水量ゆたかな温和な川がゆるゆると流れていて、その流域に田畑が広く展開しているのである。ただこの地方には、東風も、西風も強く当るので不作のとしも少なくないようであるが、しかし、西部の人たちが想像しているほど、土地が痩せてはいないのである。観瀾山から見下ろすと、水量たっぷりの蟹田川が長蛇の如くうねって、その両側に一番打のすんだ水田が落ちつき払って控えていて、ゆたかな、たのもしい景観をなしている。山は奥羽山脈の支脈の梵珠山脈である。この山脈は津軽半島の根元から起こってまっすぐに北進して半島の突端の竜飛岬まで走って海にころげ落ちる。二百メートルから三、四百メートルくらいの低い山々が並んで、観瀾山からほぼまっすぐ西に青く聳えている大倉岳は、この山脈において増川岳などと共に最高の山の一つなのであるが、それとて、七百メートルあるかないかくらいのものなのである。けれども、山高きが故に貴からず、樹木あるが故に貴し、とか、いやに興覚めなハッキリしたことを断言してはばからぬ実利主義者もあるのだから、津軽の人たちは、あえてその山脈の低きを恥じる必要もあるまい。この山脈は、全国有数の扁柏の産地である。その古い伝統を誇ってよい津軽の産物は、扁柏である。林檎なんかじゃないんだ。林檎なんてのは、明治初年にアメリカ人から種をもらって試植し、それから明治二十年代に到ってフランスの宣教師からフランス流の剪定法を教わって、俄然、成績を挙げ、それから地方の人たちもこの林檎栽培にむきになりはじめて、青森名産として全国に知られたのは、大正にはいってからのことで、まさか、東京の雷おこし、桑名の焼きはまぐりほど軽薄な「産物」でもないが、紀州の蜜柑などに較べると、はるかに歴史は浅いのである。関東、関西の人たちは、津軽と言えばすぐに林檎を思い出し、そうしてこの扁柏林に就いては、あまり知らないように見受けられる。青森県という名もそこから起こったのではないかと思われるほど、津軽の山々には樹木が枝々をからませ合って冬もなお青く繁っている。昔から、日本三大森林地の一つとして数えられているようであって、昭和四年版の日本地理風俗大系にも、「そもそも、この津軽の大森林は遠く津軽藩祖為信の遺業に因し、爾来、厳然たる制度の下に今日なおその鬱蒼をつづけ、そうしてわが国の模範林制と呼ばれている。はじめ天和、貞享の頃、津軽半島地方において、日本海岸の砂丘数里の間に植林を行い、もって潮風を防ぎ、またもって岩木川下流地方の荒蕪開拓に資した。爾来、藩にてこの方針を襲い、鋭意植林に努めた結果、宝永年間にはいわゆる屏風樹林の成木を見て、またこれによって耕地八千三百余町歩の開墾を見るに到った。それより、藩内の各地はしきりに造林につとめ、百有余所の大藩有林を設けるに及んだ。かくて明治時代に到っても、官庁は大いに林政に注意し、青森県扁柏林の好評は世に嘖々として聞こえる。けだしこの地方の林質は、よく各種の建築土木の用途に適し、殊に水湿に耐える特性を有すると、材木の産出の豊富なると、またその運搬に比較的便利なるとをもって重宝がられ、年産額八十万石。」と記されてあるが、これは昭和四年版であるから、現在の産額はその三倍くらいになっていると思われる。けれども、以上は、津軽地方全体の扁柏林に就いての記述であって、これをもって特別に蟹田地方だけの自慢となすことは出来ないが、しかし、この観瀾山から眺められるこんもり繁った山々は、津軽地方においても最もすぐれた森林地帯で、れいの日本地理風俗大系にも、蟹田川の河口の大きな写真が出ていて、そうして、その写真には、「この蟹田川附近には日本三美林の称ある扁柏の国有林があり、蟹田町はその積出港としてなかなか盛んな港で、ここから森林鉄道が海岸を離れて山に入り、毎日多くの材木を積んでここに運び来るのである。この地方の木材は良質で、しかも安価なので知られている。」という説明が附せられてある。蟹田の人たちは誇らじと欲するも得べけんやである。しかも、この津軽半島の脊梁(せきりょう)をなす梵珠山脈は、扁柏ばかりでなく、杉、山毛欅(ぶな)、楢(なら)、桂(かつら)、橡(とち)、カラ松などの木林を産し、また、山菜の豊富をも

って知られているのである。半島の西部の金木地方も、山菜はなかなか豊富であるが、この蟹田地方も、ワラビ、ゼンマイ、ウド、タケノコ、フキ、アザミ、キノコの類が、町のすぐ近くの山麓(さんろく)から実に容易にとれるのである。このように蟹田町は、田あり、畑あり、海の幸、山の幸にも恵まれて、それこそ鼓腹撃壌の別天地のように読者には思われるだろうが、しかし、この観瀾山から見下ろした蟹田の町の気配は、何か物憂い。活気がないのだ。いままで私は蟹田をほめ過ぎるほど、ほめて書いてきたのであるから、ここらで少し、悪口を言ったって、蟹田の人たちはまさか私を殴りやしないだろうと思われる。蟹田の人たちは温和である。温和というのは美徳であるが、町をもの憂くさせるほど町民が無気力なのも、旅人にとっては心細い。天然の恵みが多いということは、町勢にとって、かえって悪いことではあるまいかと思わせるほど、蟹田の町は、おとなしく、しんと静まりかえっている。河口の防波堤も半分つくりかけて投げ出したような形に見える。家を建てようとして地ならしをして、それっきり、家を建てようともせずその赤土の空地にかぼちゃなどを植えている。観瀾山から、それが全部見えるというわけではないが、蟹田には、どうも建設の途中で投げ出した工事が多すぎるように思われる。町政の潑剌(はつらつ)たる推進をさまたげる妙な古陋(ころう)の策動屋みたいなものがいるんじゃないか、と私はN君に尋ねたら、この若い町会議員は苦笑して、よせ、よせ、と言った。つつしむべきは士族の商法、文士の政談。私の蟹田町政に就いての出しゃばりの質問は、くろうとの町会議員の憫笑を招来しただけの馬鹿らしい結果に終わった。それに就いて、すぐ思い出される話はドガの失敗談である。フランス画壇の名匠エドガア・ドガは、かつてパリーの或る舞踊劇場の廊下で、偶然、大政治家クレマンソオと同じ長椅子に腰をおろした。ドガは遠慮もなく、かねて自己の抱懐していた高邁の政治談をこの大政治家に向かって開陳した。「私が、もし、宰相となったならば、ですね、その責任の重大を思い、あらゆる恩愛のきずなを断ち切り、苦行者の如く簡易質素の生活を選び、役所のすぐ近くのアパートの五階あたりに極めて小さい一室を借り、そこには一脚のテーブルと粗末な鉄の寝台があるだけで、役所から帰ると深夜までそのテーブルにおいて残務の整理をし、睡魔の襲うと共に、服も靴も脱がずに、そのままベッドにごろ寝をして、翌る朝眼が覚めると直ちに立って、立ったまま鶏卵とスープを喫し、鞄をかかえて役所へ行くという工合の生活をするに違いない！」と情熱をこめて語ったのであるが、クレマンソオは一言も答えず、ただ、なんだか全く呆れはてたような軽蔑の眼つきで、この画壇の巨匠の顔を、しげしげと見ただけであったという。ドガ氏も、その眼つきには参ったらしい。よっぽど恥ずかしかったとみえて、その失敗談は誰にも知らさず、十五年経ってから、彼の少数の友人の中でもいちばんのお気に入りだったらしいヴァレリイ氏にだけ、こっそり打ち明けたのである。十五年というひどく永い年月、ひた隠しに隠していたところを見ると、さすが傲慢不遜の名匠も、くろうと政治家の無意識な軽蔑の眼つきにやられて、それこそ骨のずいまでこたえたものがあったのであろうと、そぞろ同情の念の胸にせまりくるを覚えるのである。とかく芸術家の政治談は、怪我のもとである。ドガ氏がよいお手本である。一個の貧乏文士に過ぎない私は、観瀾山の桜の花や、また津軽の友人たちの愛情に就いてだけ語っているほうが、どうやら無難のようである。

その前日には西風が強く吹いて、N君の家の戸障子をゆすぶり、「蟹田ってのは、風の町だね」と私は、れいの独り合点の卓説を吐いたりなどしていたものだが、きょうの蟹田町は、前夜の私の暴論を忍び笑うかのような、おだやかな上天気である。そよとの風もない。観瀾山の桜は、いまが最盛期らしい。静かに、淡く咲いている。爛漫という形容は、当っていない。花弁も薄くすきとおるようで、心細く、いかにも雪に洗われて咲いたという感じである。違った種類の桜かもしれないと思わせる程である。ノヴァリスの青い花も、こんな花を空想して言ったのではあるまいかと思わせるほど、幽かな花だ。私たちは桜花の下の芝生にあぐらをかいて坐って、重箱をひろげた。これは、やはり、N君の奥さんのお料理である。他に、蟹とシャコが、大きい竹の籠にいっぱい。それから、ビール。私はいやしく見られない程度に、シャコの皮をむき、蟹の脚をしゃぶり、重箱のお料理にも箸をつけた。重箱のお料理の中では、ヤリイカの胴にヤリイカの透明な卵をぎゅうぎゅうつめ込んで、そのまま醤油の附け焼きにして輪切りにしてあったのが、私にはひどくおいしかった。帰還兵のT君は、暑い暑いと言って上衣を脱ぎ半裸体になって立ち上がり、軍隊式の体操をはじめた。タオルの手拭いで向こう鉢巻きをしたその黒い顔は、ちょっとビルマのバーモオ長官に似ていた。その日、集まった人たちは、情熱の程度においてはそれぞれ少しずつ相違があったようであるが、何か小説に就いての述懐を私から聞き出したいような素振りを見せた。私は問われただけのことは、ハッキリ答えた。「問に答へざるはよろしからず」というれいの芭蕉翁の行脚の掟にしたがったわけであるが、しかし、他のもっと重大な箇条には見事にそむいてしまった。一、他の短を挙げて、己が長を顕すことなかれ。人を譏りておのれに誇るは甚だいやし。私はその、甚だいやしいことを、やっちゃった。芭蕉だって、他門の俳諧の悪口は、チクチク言ったに違いないのであるが、けれども流石に私みたいに、たしなみも何もなく、眉をはね上げ口を曲げ、肩をいからして他の小説家を罵倒するなどというあさましいことはしなかったであろう。私は、にがにがしくも、そのあさましい振る舞いをしてしまったのである。日本のある五十年配の作家の仕事に就いて問われて、私は、そんなによくはない、とつい、うっかり答えてしまったのである。最近、その作家の過去の仕事が、どういうわけか、畏敬に近いくらいの感情で東京の読書人にも迎えられている様子で、神様、という妙な呼び方をする者なども出て来て、その作家を好きだと告白することは、その読書人の趣味の高尚を証明するたずきになるという へんな風潮さえ瞥見せられて、それこそ、贔屓の引きだおしと言うもので、その作家は大いに迷惑して苦笑しているのかもしれないが、しかし、私はかねてその作家の奇妙な勢威を望見して、れいの津軽人の愚昧なる心から、「かれは賤しきものなるぞ、ただ時の武運つよくして云々」と、ひとりで興奮して、素直にその風潮に従うことは出来なかった。そうして、このごろに到って、その作家の作品の大半をまた読み直してみて、うまいなあ、とは思ったが、格別、趣味の高尚は感じなかった。かえって、エゲツナイところに、この作家の強みがあるのではあるまいかと思ったくらいであった。書かれてある世界もケチな小市民の意味もなく気取った一喜一憂である。作品の主人公は、自分の生き方に就いてときどき「良心的」な反省をするが、そんな箇所は特に古くさく、こんなイヤミな反省ならばしないほうがよいと思われるくらいで、「文学的」な青臭さから離れようとして、かえって、それにはまってしまっているようなミミッチイものが感じられた。ユウモアを心掛けているらしい箇所も、意外なほどたくさんあったが、自分を投げ出し切れないものがあるのか、つまらぬ神経が一本ビクビク生きているので読者は素直に笑えない。貴族的、という幼い批評を耳にしたこともあったが、とんでもないことで、それこそ贔屓の引きたおしである。貴族というものは、だらしがないくらい闊達なものではないかと思われる。フランス革命の際、暴徒たちが王の居室にまで乱入したが、その時、フランス国王ルイ十六世、暗愚なりといえども、からから笑って矢庭に暴徒のひとりから革命帽を奪いとり、自分でそれをひょいとかぶって、フランス万歳、と叫んだ。血に飢えたる暴徒たちも、この天衣無縫の不思議な気品に打たれて、思わず王と共に、フランス万歳を絶叫し、王の身体には一指も触れずにおとなしく王の居室から退去したのである。まことの貴族には、このような無邪気なつくろわぬ気品があるものだ。口をひきしめて襟元をかき合わせてすましているのは、あれは、貴族の下男によくある型だ。貴族的なんて、あわれな言葉を使っちゃいけない。

　その日、蟹田の観瀾山で一緒にビールを飲んだ人たちも、たいていその五十年配の作家の心酔者らしく、私に対して、その作家のことばかり質問するので、とうとう私も芭蕉翁の行脚の掟を破って、そのような悪口を言い、言いはじめたら次第に興奮してきて、それこそ眉をはね上げ口を曲げる結果になって、貴族的なんて、へんなところで脱線してしまった。一座の人たちは、私の話に少しも同感の色を示さなかった。

「貴族的なんて、そんな馬鹿なことを私たちは言っていません。」と、今別から来たMさんは、当惑の面持で、ひとりごとのようにして言った。酔漢の放言に閉口し切っているというようなふうに見えた。他の人たちも、互いに顔を見合わせてにやにや笑っている。

「要するに、」私の声は悲鳴に似ていた。ああ、先輩作家の悪口は言うものではない。

「男振りにだまされちゃいかんということだ。ルイ十六世は、史上まれに見る醜男だったんだ。」いよいよ脱線するばかりである。

「でも、あの人の作品は、私は好きです。」とMさんは、イヤにはっきり宣言する。

「日本じゃ、あの人の作品など、いいほうなんでしょう?」と青森の病院のHさんは、つつましく、取りなし顔に言う。

私の立場は、いけなくなるばかりだ。

「そりゃ、いいほうかもしれない。まあ、いいほうだろう。しかし、君たちは、僕を前に置きながら、僕の作品に就いて一言も言ってくれないのは、ひどいじゃないか。」私は笑いながら本音を吐いた。

みんな微笑した。やはり、本音を吐くに限る、と私は図に乗り、

「僕の作品なんかは、滅茶苦茶だけれど、しかし僕は、大望を抱いているんだ。その大望が重すぎて、よろめいているのが僕の現在のこの姿だ。君たちには、だらしのない無智な薄汚い姿に見えるだろうが、しかし僕は本当の気品というものを知っている。松葉の形の干菓子を出したり、青磁の壺に水仙を投げ入れて見せたって、僕はちっともそれを上品だとは思わない。成金趣味だよ、失敬だよ。本当の気品というものは、真っ黒いどっしりした大きい岩に白菊一輪だ。土台に、むさい大きい岩がなくちゃ駄目なもんだ。それが本当の上品というものだ。君たちなんか、まだ若いから、針金で

支えられたカーネーションをコップに投げいれたみたいな女学生くさいリリシズムを、芸術の気品だなんて思っていやがる。」

　暴言であった。「他の短を挙げて、己が長を顕すことなかれ。人を譏りておのれに誇るは甚だいやし。」この翁の行脚の掟は、厳粛の真理に似ている。じっさい、甚だいやしいものだ。私にはこのいやしい悪癖があるので、東京の文壇においても、皆に不愉快の感を与え、薄汚い馬鹿者として遠ざけられているのである。

「まあ、仕様がないや。」と私は、うしろに両手をついて仰向き、「僕の作品なんか、まったく、ひどいんだからな。何を言ったって、はじまらん。でも、君たちの好きなその作家の十分の一くらいは、僕の仕事をみとめてくれてもいいじゃないか。君たちは、僕の仕事をさっぱりみとめてくれないから、僕だって、あらぬことを口走りたくなってくるんだ。みとめてくれよ。二十分の一でもいいんだ。みとめろよ。」

　みんな、ひどく笑った。笑われて、私も、気持がたすかった。蟹田分院の事務長のSさんが、腰を浮かして、

「どうです。この辺で、席を変えませんか。」と、世慣れた人に特有の慈悲深くなだめるような口調で言った。蟹田町でいちばん大きいEという旅館に、皆の昼飯の支度をさせてあるという。いいのか、と私はT君に眼でたずねた。

「いいんです。ごちそうになりましょう。」T君は立ち上がって上衣を着ながら、「僕

たちが前から計画していたのです。Sさんが配給の上等酒をとっておいたそうですから、これから皆で、それをごちそうになりに行きましょう。Nさんのごちそうにばかりなっていては、いけません。」

私はT君の言うことにおとなしく従った。だから、T君が傍についていてくれると、心強いのである。

Eという旅館は、なかなか綺麗(きれい)だった。部屋の床の間も、ちゃんとしていたし、便所も清潔だった。ひとりでやって来て泊っても、わびしくない宿だと思った。いったいに、津軽半島の東海岸の旅館は、西海岸のそれと較べると上等である。昔から多くの他国の旅人を送り迎えした伝統のあらわれかもしれない。昔は北海道へ渡るのに、かならず三厩から船出することになっていたので、この外ヶ浜街道はそのための全国の旅人を朝夕送迎していたのである。旅館のお膳にも蟹がついていた。

「やっぱり、蟹田だなあ。」と誰か言った。

T君はお酒を飲めないので、ひとり、さきにごはんを食べたが、他の人たちは、皆、Sさんの上等酒を飲み、ごはんを後廻しにした。酔うに従ってSさんは、上機嫌になってきた。

「私はね、誰の小説でも、みな一様に好きなんです。読んでみると、みんな面白い。なかなかどうして、上手なものです。だから私は、小説家ってやつを好きで仕様がないんです。どんな小説家でも、好きで好きでたまらないんです。私は、子供を、男の子で三つになりましたがね、こいつを小説家にしようと思っているんです。名前も、文男とつけました。文の男と書きます。頭の恰好が、どうも、あなたに似ているようです。失礼ながらそんな工合に、はちが開いているような形なのです。」

私の頭が、鉢が開いているとは初耳であった。私は、自分の容貌のいろいろさまざまの欠点を残るくまなく知悉しているつもりであったが、頭の形までへんだとは気がつかなかった。自分で気のつかない欠点がまだまだたくさんあるのではあるまいかと、他の作家の悪口を言った直後でもあったし、ひどく不安になってきた。Sさんは、いよいよ上機嫌で、

「どうです。お酒もそろそろなくなったようですし、これから私の家へみんなでいらっしゃいませんか。ね、ちょっとでいいんです。うちの女房にも、文男にも、逢ってやって下さい。たのみます。リンゴ酒なら、蟹田には、いくらでもありますから、家へ来て、リンゴ酒を、ね。」と、しきりに私を誘惑するのである。御好志はありがたかったが、私は頭の鉢以来、とみに意気が沮喪して、早くN君の家へ引き上げて、一寝入りしたかった。Sさんのお家へ行って、こんどは頭の鉢どころか、頭の内容まで見破られ、ののしられるような結果になるのではあるまいかと思えばなおさら気が重かった。私は、れいによってT君の顔色を伺った。T君が行けと言えば、これは、行

かなくてはなるまいと覚悟していた。T君は、真面目な顔をしてちょっと考え、

「行っておやりになったら？　Sさんは、きょうは珍しくひどく酔っているようですが、ずいぶん前から、あなたのおいでになるのを楽しみにして待っていたのです。」

私は行くことにした。頭の鉢にこだわることは、やめた。あれはSさんが、ユウモアのつもりでおっしゃったのに違いないと思い直した。どうも、容貌に自信がないと、こんなつまらぬことにもくよくよしていけない。容貌に就いてばかりでなく、私にいま最も欠けているものは「自信」かもしれない。

Sさんのお家へ行って、その津軽人の本性を暴露した熱狂的な接待振りには、同じ津軽人の私でさえ少しめんくらった。Sさんは、お家へはいるなり、たてつづけに奥さんに用事を言いつけるのである。

「おい、東京のお客さんを連れて来たぞ。とうとう連れて来たぞ。これが、そのれいの太宰って人なんだ。挨拶(あいさつ)をせんかい。早く出て来て拝んだらよかろう。ついでに、酒だ。いや、酒はもう飲んじゃったんだ。リンゴ酒を持って来い。なんだ、一升しかないのか。少ない！　もう二升買って来い。待て。その縁側にかけてある干鱈(ひだら)をむしって、待て、それは金槌(かなづち)でたたいてやわらかくしてから、むしらなくちゃ駄目なものなんだ。待て、そんな手つきじゃいけない。僕がやる。干鱈をたたくには、こんな工合に、こんな工合に、あ、痛え、まあ、こんな工合だ。おい、醤油(しょうゆ)を持って来い。干

鱈には醬油をつけなくちゃ駄目だ。コップが一つ、いや二つ足りない。早く持って来い、待て、この茶飲茶碗でもいいか。さあ、乾盃、乾盃。おうい、もう二升買って来い、待て、坊やを連れて来い。小説家になれるかどうか、太宰に見てもらうんだ。どうです、この頭の形は、こんなのを、鉢がひらいているというんでしょう。あなたの頭の形に似ていると思うんですがね。しめたものです。おい、坊やをあっちへ連れて行け。うるさくてかなわない。お客さんの前に、こんな汚い子を連れて来るなんて、失敬じゃないか。成金趣味だぞ。早くリンゴ酒を、もう二升。お客さんが逃げてしまうじゃないか。待て、お前はここにいてサァヴィスをしろ。さあ、みんなにお酌。リンゴ酒は隣りのおばさんに頼んで買って来てもらえ。おばさんは、砂糖をほしがっていたから少しわけてやれ。待て、おばさんにやっちゃいかん。東京のお客さんに、うちの砂糖全部お土産に差し上げろ。いいか、忘れちゃいけないよ。全部、差し上げろ。新聞紙で包んでそれから油紙で包んで紐でゆわえて差し上げろ。子供を泣かせちゃ、いかん。失敬じゃないか。成金趣味だぞ。貴族ってのはそんなものじゃないんだ。待て。砂糖はお客さんがお帰りのときでいいんだってば。音楽、音楽。レコードをはじめろ。シューベルト、ショパン、バッハ、なんでもいい。音楽を始めろ。待て。なんだ、それは、バッハか。やめろ。うるさくてかなわん。話も何も出来やしない。もっと静かなレコードを掛けろ、待て、食うものがなくなった。アンコーのフライを作れ、ソースがわが家の自慢ときている。果たしてお客さんのお気に召すかどうか、待て、アンコーのフライとそれから、卵味噌(みそ)のカヤキを差し上げろ。これは津軽でなければ食えないものだ。そうだ。卵味噌だ。卵味噌に限る。卵味噌だ。卵味噌だ。」

　私は決して誇張法を用いて描写しているのではない。この疾風怒濤(どとう)の如き接待は、津軽人の愛情の表現なのである。干鱈というのは、大きい鱈を吹雪にさらして凍らせて干したもので、芭蕉翁などのよろこびそうな軽い閑雅な味のものであるが、Sさんの家の縁側には、それが五、六本つるされてあって、Sさんは、よろよろと立ち上がり、それを二、三本ひったくって、滅多矢鱈に鉄槌で乱打し、左の親指を負傷して、それから、ころんで、這(は)うようにして皆にリンゴ酒を注(つ)いで廻り、頭の鉢の一件も、決してSさんは私をからかうつもりで言ったのではなく、また、ユウモアのつもりで言ったのでもなかったのだということが私にははっきりわかってきた。Sさんは、鉢のひらいた頭というものを、真剣に尊敬しているらしいのである。いいものだと思っているらしいのである。津軽人の愚直可憐(かれん)、見るべしである。そうして、ついには、卵味噌、卵味噌と連呼するに到ったのであるが、この卵味噌のカヤキなるものに就いては、一般の読者には少しく説明が要るように思われる。津軽においては、牛鍋、鳥鍋のことをそれぞれ、牛のカヤキ、鳥のカヤキという工合に呼ぶのである。貝焼(かいやき)の訛(なまり)であろうと思われる。いまはそうでもないようだけれど、私の幼少の頃には、津軽においては、肉を煮るのに、帆立貝の大きい貝殻を用いていた。貝殻から幾分ダシが出ると盲信しているところもないわけではないようであるが、とにかく、これは先住民族アイヌの遺風ではなかろうかと思われる。私たちは皆、このカヤキを食べて育ったのである。卵味噌のカヤキというのは、その貝の鍋を使い、味噌に鰹節（かつおぶし）をけずって入れて煮て、それに鶏卵を落として食べる原始的な料理であるが、実は、これは病人の食べるものなのである。病気になって食がすすまなくなったとき、このカヤキの卵味噌をお粥（かゆ）に載せて食べるのである。けれども、これもまた津軽特有の料理の一つにはちがいなかった。Sさんは、それを思いつき、私に食べさせようとして連呼しているのだ。私は奥さんに、もうたくさんですから、と拝むように頼んでSさんの家を辞去した。読者もここに注目をしていただきたい。その日のSさんの接待こそ、津軽人の愛情の表現なのである。しかも、生粋（きっすい）の津軽人のそれである。これは私においても、Sさんと全く同様なことがしばしばあるので、遠慮なく言うことが出来るのであるが、友あり遠方より来た場合には、どうしたらいいかわからなくなってしまうのである。ただ胸がわくわくして意味もなく右往左往し、そうして電燈に頭をぶつけて電燈の笠（かさ）を割ったりなどした経験さえ私にはある。食事中に珍客があらわれた場合に、私はすぐに箸を投げ出し、口をもぐもぐさせながら玄関に出るので、かえってお客に顔をしかめられることがある。お客を待たせて、心静かに食事をつづけるなどという芸当は私には出来ないのである。そうしてSさんの如く、実質においては、到れりつくせりの心づかいをして、そうして何やらかやら、家中のもの一切合財持ち出して饗応しても、ただ、お客に閉口させるだけの結果になって、かえって後でそのお客に自分の非礼をお詫びしなければならぬなどということになるのである。ちぎっては投げ、むしっては投げ、取っては投げ、果ては自分の命までも、という愛情の表現は、関東、関西の人たちにはかえって無礼な暴力的なもののように思われ、ついには敬遠ということになるのではあるまいか、と私はSさんによって私自身の宿命を知らされたような気がして、帰る途々、Sさんがなつかしく気の毒でならなかった。津軽人の愛情の表現は、少し水で薄めて服用しなければ、他国の人には無理なところがあるかもしれない。東京の人は、ただ妙にもったいぶって、チョッピリずつ料理を出すからなあ。ぶえんの平茸ではないけれど、私も木曾殿みたいに、この愛情の過度の露出のゆえに、どんなにいままでの東京の高慢な風流人たちに蔑視せられてきたことか。「かい給え、かい給えや」とぞ責めたりける、である。

後で聞いたがSさんはそれから一週間、その日の卵味噌のことを思い出すと恥ずかしくて酒を飲まずには居られなかったという。ふだんは人一倍はにかみやの、神経の繊細な人らしい。これもまた津軽人の特徴である。生粋の津軽人というものは、ふだんは、決して粗野な野蛮人ではない。なまなかの都会人よりも、はるかに優雅な、こまかい思いやりを持っている。その抑制が、事情によって、どっと堰を破って奔騰するとき、どうしたらいいかわからなくなって、「ぶえんの平茸ここにあり、とうとう」といそがす形になってしまって、軽薄の都会人に顰蹙せられるくやしい結果になるのである。Sさんはその翌日、小さくなって酒を飲み、そこへ一友人がたずねて行って、

「どう？　あれから奥さんに叱られたでしょう？」と笑いながら尋ねたら、Sさんは、処女の如くはにかんで、

「いいえ、まだ。」と答えたという。

叱られるつもりでいるらしい。

三　外ヶ浜

Sさんの家を辞去してN君の家へ引き上げ、N君と私は、さらにまたビールを飲み、その夜はT君も引きとめられてN君の家へ泊ることになった。三人一緒に奥の部屋に寝たのであるが、T君は翌朝早々、私たちのまだ眠っているうちにバスで青森へ帰った。勤めがいそがしい様子である。

「咳をしていたね。」T君が起きて身支度をしながらコンコンと軽い咳をしていたの

を、私は眠っていながらも耳ざとく聞いてへんに悲しかったので、起きるとすぐにN君にそう言った。N君も起きてズボンをはきながら、

「うん、咳をしていた。」と厳粛な顔をして言った。酒飲みというものは、酒を飲んでいないときにはひどく厳粛な顔をしているものである。いや、顔ばかりではないかもしれない。心も、きびしくなっているものである。「あまり、いい咳じゃなかったね。」N君も、さすがに、眠っているようであっても、ちゃんとそれを聞き取っていたのである。

「気で押すさ。」とN君は突き放すような口調で言って、ズボンのバンドをしめ上げ、「僕たちだって、なおしたんじゃないか。」

N君も、私も、永い間、呼吸器の病気と闘ってきたのである。N君はひどい喘息だったが、いまはそれを完全に克服してしまった様子である。

この旅行に出る前に、ある雑誌に短篇小説を一つ送ることを約束していて、その締切りがきょうあすに迫っていたので、私はその日一日と、それから翌る日一日と、二日間、奥の部屋を借りて仕事をした。N君も、その間、別棟の精米工場で働いていた。二日目の夕刻、N君は私の仕事をしている部屋へやって来て、

「書けたかね。二、三枚でも書けたかね。僕のほうは、もう一時間経ったら、完了だ。一週間分の仕事を二日でやってしまった。あとでまた遊ぼうと思うと気持に張り合い

が出て、仕事の能率もぐんと上がるね。もう少しだ。最後の馬力をかけよう。」と言って、すぐ工場のほうへ行き、十分も経たぬうちに、また私の部屋へやって来て、

「書けたかね。僕のほうは、もう少しだ。このごろは機械の調子もいいんだ。君は、まだうちの工場を見たことがないだろう。汚い工場だよ。見ないほうがいいかもしれない。まあ、精を出そう。僕は工場のほうにいるからね。」と言って帰って行くのである。鈍感な私も、やっと、その時、気がついた。N君は私に、工場で働いている彼の甲斐甲斐しい姿を見せたいのに違いない。もうすぐ彼の仕事が終わるから、終わらないうちに見に来い、という謎であったのだ。私はそれに気がついて微笑した。いそいで仕事を片附け、私は、道路を隔て別棟になっている精米工場に出かけた。N君は継ぎはぎだらけのコール天の上衣を着て、目まぐるしく廻転する巨大な精米機の傍に、両腕をうしろにまわし、仔細らしい顔をして立っていた。

「さかんだね。」と私は大声で言った。

　N君は振りかえり、それは嬉しそうに笑って、

「仕事は、すんだか。よかったな。僕のほうも、もうすぐなんだ。はいりたまえ。下駄のままでいい。」と言うのだが、私は、下駄のままで精米所へのこのこはいるほど無神経な男ではない。N君だって、清潔な藁草履とはきかえている。そこらを見廻しても、上草履のようなものもなかったし、私は、工場の門口に立って、ただ、にやに

や、笑っていた。裸足になってはいろうかとも思ったが、それはN君をただ恐縮させるばかりの大袈裟な偽善的な仕草に似ているようにも思われて、裸足にもなれなかった。私には、常識的な善事を行うに当って、甚だてれる悪癖がある。

「ずいぶん大がかりな機械じゃないか。よく君はひとりで操縦が出来るね。」お世辞ではなかった。N君も、私と同様、科学的知識においては、あまり達人ではなかったのである。

「いや、簡単なものなんだ。このスイッチをこうすると、」などと言いながら、あちこちのスイッチをひねって、モーターをぴたりと止めて見せたり、また籾殻の吹雪を現出させて見せたり、出来上がりの米を瀑布のようにざっと落下させて見せたり自由自在にその巨大な機械をあやつって見せるのである。

ふと私は、工場のまん中の柱に張りつけられてある小さいポスターに目をとめた。お銚子の形の顔をした男が、あぐらをかき腕まくりして大盃を傾け、その大盃には家や土蔵がちょこんと載っていて、そうしてその妙な画には、「酒は身を飲み家を飲む」という説明の文句が印刷されてあった。私は、そのポスターを永いこと、見つめていたので、N君も気がついたか、私の顔を見てにやりと笑った。私もにやりと笑った。同罪の士である。「どうもねえ」という感じなのである。私はそんなポスターを工場の柱に張っておくN君を、いじらしく思った。誰か大酒を恨まざる、である。私の場合は、あの大盃に、私の貧しい約二十種類の著書が載っているという按配なのである。私には、飲むべき家も蔵もない。「酒は身を飲み著書を飲む」とでも言うべきところであろう。

　工場の奥に、かなり大きい機械が二つ休んでいる。あれは何？　とN君に聞いたら、N君は幽かな溜息をついて、

「あれは、なあ、縄を作る機械と、筵を作る機械なんだが、なかなか操作がむずかしくて、どうも僕の手には負えないんだ。四、五年前、この辺一帯ひどい不作で、精米の依頼もばったりなくなって、いや、困ってねえ、毎日毎日、炉傍に坐って煙草をふかして、いろいろ考えた末、こんな機械を買って、この工場の隅で、ばったんばったんやってみたのだが、僕は不器用だから、どうしても、うまくいかないんだ。淋しいもんだったよ。結局一家六人、ほそぼそと寝食いさ。あの頃は、もう、どうなることかと思ったね。」

　N君には、四歳の男の子がひとりある他に、死んだ妹さんの子供をも三人あずかっているのだ。妹さんの御亭主も、北支で戦死をなさったので、N君夫妻は、この三人の遺児を当然のこととして育て、自分の子供と全く同様に可愛がっているのだ。奥さんの言によれば、N君は可愛がりすぎる傾きさえあるそうだ。三人の遺児のうち、一番総領は青森の工業学校にはいっているのだそうで、その子がある土曜日に青森から

七里の道をバスにも乗らずてくてく歩いて夜中の十二時頃に蟹田の家へたどり着き、伯父さん、伯父さん、と言って玄関の戸を叩き、N君は飛び起きて玄関をあけ、無我夢中でその子の肩を抱いて、歩いて来たのか、へえ、歩いて来たのか、とばかり言ってものも言えず、そうして、奥さんを矢鱈に叱り飛ばして、それ、砂糖湯を飲ませろ、餅を焼け、うどんを温めろと、矢継早に用事を言いつけ、奥さんは、この子は疲れて眠いでしょうから、と言いかけたら、「な、なにい！」と言ってすこぶる大袈裟に奥さんに向かってこぶしを振り上げ、あまりにどうも珍妙な喧嘩なので、甥のその子が、ぷっと噴き出して、N君もこぶしを振り上げながら笑い出し、奥さんも笑って、何が何やら、うやむやになったということなどもあったそうで、それもまた、N君の人柄の片鱗を示す好箇の挿話であると私には感じられた。

「七転び八起きだね。いろんなことがある。」と言って私は、自分の身の上とも思い合わせ、ふっと涙ぐましくなった。この善良な友人が、馴れぬ手つきで、工場の隅で、ひとり、ばったんばったん筵を織っている侘しい姿が、ありありと眼前に見えるような気がしてきた。私は、この友人を愛している。

その夜はまた、お互い一仕事すんだのだから、などと言いわけして二人でビールを飲み、郷土の凶作のことに就いて話し合った。N君は青森県郷土史研究会の会員だったので、郷土史の文献をかなり持っていた。

「何せ、こんなだからなあ。」と言ってN君はある本をひらいて私に見せたが、そのペエジには次のような、津軽凶作の年表とでもいうべき不吉な一覧表が載っていた。

元和一年	大凶
元和二年	大凶
寛永十七年	大凶
寛永十八年	大凶
寛永十九年	凶
明暦二年	凶
寛文六年	凶
寛文十一年	凶
延宝二年	凶
延宝三年	凶
延宝七年	凶
天和一年	大凶
貞享一年	凶
元禄五年	大凶

元禄七年　大凶
元禄八年　大凶
元禄九年　凶
元禄十五年　半凶
宝永二年　凶
宝永三年　凶
宝永四年　大凶
享保一年　凶
享保五年　凶
元文二年　凶
元文五年　凶
延享二年　大凶
延享四年　凶
寛延二年　大凶
宝暦五年　大凶
明和四年　凶
安永五年　半凶

天明（てんめい）二年	大凶
天明三年	大凶
天明六年	大凶
天明七年	半凶
寛政（かんせい）一年	凶
寛政五年	凶
寛政十一年	凶
文化十年	凶
天保（てんぽう）三年	半凶
天保四年	大凶
天保六年	大凶
天保七年	大凶
天保八年	凶
天保九年	大凶
天保十年	凶
慶応二年	凶
明治二年	凶

明治六年　凶
明治二十二年　凶
明治二十四年　凶
明治三十年　凶
明治三十五年　大凶
明治三十八年　大凶
大正二年　凶
昭和六年　凶
昭和九年　凶
昭和十年　凶
昭和十五年　半凶

津軽の人でなくても、この年表に接しては溜息(ためいき)をつかざるを得ないだろう。大阪夏の陣、豊臣氏滅亡の元和元年より現在まで約三百三十年の間に、約六十回の凶作があったのである。まず五年に一度ずつ凶作に見舞われているという勘定になるのである。さらにまた、N君はべつな本をひらいて私に見せたが、それには、「翌天保四年に到りては、立春吉祥の其日(そのひ)より東風頻(しきり)に吹荒(ふきすさ)み、三月上巳(じようし)の節句に到れども積雪消えず農家にして雪舟用ゐたり。五月に到り苗の生長僅かに一束なれども時節の階級避くべからざるが故に竟に其儘植附けに着手したり。然れども連日の東風弥々吹き募り、六月土用に入りても密雲幕々として天候朦々晴天白日を見る事殆ど稀なり（中略）毎日朝夕の冷気強く六月土用中に綿入を着用せり、夜は殊に冷にして七月佞武多（作者註。陰暦七夕の頃、武者の形あるひは竜虎の形などの極彩色の大燈籠を荷車に載せて曳き、若い衆たちさまざまに扮装して街々を踊りながら練り歩く津軽年中行事の一つである。他町の大燈籠と衝突して喧嘩の事必ずあり。坂上田村麻呂、蝦夷征伐の折、このやうな大燈籠を見せびらかして山中の蝦夷をおびき寄せ之を殲滅せし遺風なりとの説あれども、なほ信ずるに足らず。津軽に限らず東北各地にこれと似たる風俗あり。東北の夏祭りの山車と思はば大過なからん歟。）の頃に到りても道路にては蚊の声を聞かず、家屋の内に於ては聊か之を聞く事あれども蚊帳を用うるを要せず蟬声の如きも甚だ稀なり。七月六日頃より暑気出で盆前単衣物を着用す、同十三日頃より早稲大いに出穂ありし為人気頗る宜しく盆踊りも頗る賑かなりしが、同十五日、十六日の日光白色を帯び恰も夜中の鏡に似たり。同十七日夜半、踊児も散り、来往の者も稀疎にして追々暁方に及べる時、図らざりき厚霜を降らし出穂の首傾きたり、往来老若之を見る者涕泣充満たり。」という、あわれと言うより他には全く言いようのない有様が記されてあって、私たちの幼い頃にも老人たちからケガヅ（津軽では、凶作のことをケガヅと言う。飢渇(きかつ)の訛(なま)りかもしれない。）の酸鼻戦慄(せんりつ)の状を聞き、幼いながらも暗澹(あんたん)たる気持になって泣きべそをかいてしまったものだが、久し振りで故郷に帰り、このような記録をあからさまに見せつけられ、哀愁を通り越して何か、わけのわからぬ憤怒さえ感ぜられて、

「これは、いかん。」と言った。「科学の世の中とか何とか偉そうなことを言ってたって、こんな凶作を防ぐ法を百姓たちに教えてやることも出来ないなんて、だらしがねえ。」

「いや、技師たちもいろいろ研究はしているのだ。冷害に堪えるように品種が改良されてもいるし、植え付けの時期にも工夫が加えられて、今では、昔のように徹底した不作などなくなったけれども、でも、それでも、やっぱり、四、五年に一度は、いけないときがあるんだねえ。」

「だらしがねえ。」私は、誰にともなき忿懣(ふんまん)で、口を曲げてののしった。

N君は笑って、

「沙漠(さばく)の中で生きている人もあるんだからね。怒ったって仕様がないよ。こんな風土からはまた独得な人情も生れるんだ。」

「あんまり結構な人情でもないね。春風駘蕩(たいとう)たるところがないんで、僕なんか、いつでも南国の芸術家には押され気味だ。」

「それでも君は、負けないじゃないか。津軽地方は昔から他国の者に攻め破られたことがないんだ。殴られるけれども、負けやしないんだ。」

生れ落ちるとすぐに凶作にたたかれ、雨露をすって育った私たちの祖先の血が、いまの私たちに伝わっていないわけはない。春風駘蕩の美徳もうらやましいものには違いないが、私はやはり祖先のかなしい血に、出来るだけ見事な花を咲かせるように努力するより他には仕方がないようだ。いたずらに過去の悲惨に歎息せず、N君みたいにその櫛風沐雨の伝統を鷹揚に誇っているほうがいいのかもしれない。しかも津軽だって、いつまでも昔のように酸鼻の地獄絵を繰り返しているわけではない。その翌日、私はN君に案内してもらって、外ヶ浜街道をバスで北上し、三厩で一泊して、それからさらに海岸の波打ち際の心細い路を歩いて本州の北端、竜飛岬まで行ったのであるが、その三厩竜飛間の荒涼索寞たる各部落でさえ、烈風に抗し、怒濤に屈せず、懸命に一家を支え、津軽人の健在を可憐に誇示していたし、三厩以南の各部落、殊にも三厩、今別などに到っては瀟洒たる海港の明るい雰囲気の中に落ちつき払った生活を展開して見せてくれていたのである。ああ、いたずらにケガヅの影におびえることなかれである。以下は佐藤弘という理学士の快文章であるが、私のこの書の読者の憂鬱を消すために、なおまた私たち津軽人の明るい出発の乾盃の辞としてちょっと借用してみよう。佐藤理学士の奥州産業総説に曰く、「撃てば則ち草に匿れ、追えば即ち山に入った蝦夷(えぞ)族の版図たりし奥州、山岳重畳して到るところ天然の障壁をなし、以(もっ)て交通を阻害している奥州、風波高く海運不便なる日本海と、北上山脈にさえぎられて発達しない鋸歯(きょし)状の岬湾の多い太平洋とに包まれた奥州。しかも冬期降雪多く、本州中で一番寒く、古来、数十回の凶作に襲来されたという奥州。九州の耕地面積二割五分に対して、わずかに一割半を占むる哀れなる奥州。どこから見ても不利な自然的条件に支配されているその奥州は、さて、六百三十万の人口を養うに今日いかなる産業に拠(よ)っているのであろうか。

どの地理書を繙(ひもど)いても、奥州の地たるや本州の東北端に僻在(へきざい)し、衣、食、住、いずれも粗樸(そぼく)、とある。古来からの茅葺(かやぶき)、柾葺(まさぶき)、杉皮葺は、とにかくとして、現在多くの民は、トタン葺の家に住み、ふろしきを被って、もんぺいをはき、中流以下悉(ことごと)く粗食に甘んじている、という。真偽や如何(いかん)。それほど奥州の地は、産業に恵まれていないのであろうか。高速度を以て誇りとする第二十世紀の文明は、ひとり東北の地に到達していないのであろうか。否、それは既に過去の奥州であって、人もし現代の奥州に就いて語らんと欲すれば、まず文芸復興直前のイタリヤにおいて見受けられたあの鬱勃(うつぼつ)たる擡頭(たいとう)力を、この奥州の地に認めなければならぬ。文化において、はたまた産業において然り、かしこくも明治大帝の教育に関する大御心(おおみこころ)はまことに神速に奥州の津々浦々にまで浸透して、奥州人特有の聞きぐるしき鼻音の減退と標準語の進出とを促し、嘗ての原始的状態に沈淪した蒙昧な蛮族の居住地に教化の御光を与え、而して、いまや見よ、開発また開拓、膏田沃野の刻一刻と増加することを。そして改良また改善、牧畜、林業、漁業の日に日に盛大におもむくことを。まして況んや、住民の分布薄疎にして、将来の発展の余裕、また大いにこの地にありというにおいてをや。
むく鳥、鴨、四十雀、雁などの渡り鳥の大群が、食を求めてこの地方をさまよい歩くが如く、膨脹時代にあった大和民族が各地方より北上してこの奥州に到り、蝦夷を征服しつつ、あるいは山に猟し、あるいは川に漁して、いろいろな富源の魅力にひきつけられ、あちらこちらと、さまよい歩いた。かくして数代経過し、ここに人々は、思い思いの地に定著して、あるいは秋田、荘内、津軽の平野に米を植え、あるいは北奥の山地に植林を試み、あるいは平原に馬を飼い、あるいは海辺の漁業に専心して以て今日における隆盛なる産業の基礎を作ったのである。奥州六県、六百三十万の民はかくして先人の開発せし特徴ある産業をおろそかにせず、ますますこれが発達の途を講じ、渡り鳥は永遠にさまよえども、素朴なる東北の民は最早や動かず、米を作って林檎を売り、鬱蒼たる美林につづく緑の大平原には毛並み輝く見事な若駒を走らせ、出漁の船は躍る銀鱗を満載して港にはいるのである。」

　まことに有難い祝辞で、思わず駈け寄ってお礼の握手でもしたくなるくらいのものだ。さて私はその翌日、N君の案内で奥州外ヶ浜を北上したのであるが、出発に先立ち、まず問題は酒であった。

「お酒は、どうします？　リュックサックに、ビールの二、三本も入れておきましょうか？」と、奥さんに言われて、私は、まったく、冷汗三斗の思いであった。なぜ、酒飲みなどという不面目な種族の男に生れて来たか、と思った。

「いや、いいです。なければないで、また、それは、べつに。」などと、しどろもどろの不得要領なることを言いながらリュックサックを背負い、逃げるが如く家を出て、後からやって来たN君に、

「いや、どうも。酒、と聞くとひやっとするよ。針の筵だ。」と実感をそのまま言った。N君も同じ思いとみえて、顔を赤くし、うふふと笑い、

「僕もね、ひとりじゃ我慢も出来るんだが、君の顔を見ると、飲まずには居られないんだ。今別のMさんが配給のお酒を近所から少しずつ集めておくって言っていたから、今別にちょっと立ち寄ろうじゃないか。」

私は複雑な溜息をついて、

「みんなに苦労をかけるわい。」と言った。

はじめは蟹田から船でまっすぐに竜飛まで行き、帰りは徒歩とバスという計画であったのだが、その日は朝から東風が強く、荒天といっていいくらいの天候で、乗って行くはずの定期船は欠航になってしまったので、予定をかえて、バスで出発すること

にしたのである。バスは案外、空いていて、二人とも楽に腰かけることが出来た。外ヶ浜街道を一時間ほど北上したら、次第に風も弱くなり、青空も見えてきて、このぶんならば定期船も出るのではなかろうかと思われた。とにかく、今別のMさんのお家へ立ち寄り、船が出るようだったら、お酒をもらってすぐ今別の港から船に乗ろうということにした。往きも帰りも同じ陸路を通るのは、気がきかなくて、つまらないことのように思われた。N君はバスの窓から、さまざまの風景を指差して説明してくれた。この辺には昔の蝦夷の栖家の面影は少しも見受けられず、お天気のよくなってきたせいか、どの村落も小綺麗に明るく見えた。寛政年間に出版せられた京の名医　橘南谿の東遊記には、「天地のひらけしよりこのかた今の時ほど太平なる事はあらじ、西は鬼界屋玖の島より東は奥州の外ヶ浜にて号令の行届かざる所もなし。往古は屋玖の島は屋玖国とて異国のやうに聞え、奥州も半ば蝦夷人の領地なりしにや、猶近き頃まで夷人の住所なりしと見えて、南部、津軽辺の地名には蛮名多し。外ヶ浜通りの村の名にもタッピ、ホロヅキ、内マッペ、外マッペ、イマベツ、ウテツなどいふ所有り。是皆蝦夷詞なり。今にても、ウテツなどの辺は風俗もやや蝦夷に類して津軽の人も彼等はエゾ種といひて、いやしむるなり。余思ふにウテツ辺に限らず、南部、津軽辺の村民も大かたはエゾ種なるべし。只早く皇化に浴して風俗言語も改りたる所は、先祖より日本人のごとくいひなし居る事とぞ思はる。故に礼儀文華のいまだ開けざるはもつともの事なり。」と記されてあるが、それから約百五十年、地下の南谿を今日この坦々たるコンクリート道路をバスに乗せて通らせたならば、呆然たるさまにて首をひねり、あるいは、こぞの雪いまいずこなどという嘆を発するかもしれない。南谿の東遊記西遊記は江戸時代の名著の一つに数えられているようであるが、その凡例にも、「予が漫遊もと医学の為なれば医事にかかれることは雑談といへども別に記録して同志の人にも示す。只此書は旅中見聞せる事を筆のついでにしるせるものにして、強て其事の虚実を正さず、誤りしるせる事も多かるべし。」とみずから告白している如く、読者の好奇心を刺戟すれば足るというような荒唐無稽に似た記事も少なしとしないと言ってよい。他の地方のことは言わず、例をこの外ヶ浜近辺に就いての記事だけに限って言っても、「奥州三馬屋（作者註。三厩の古称）は、松前渡海の津にて津軽領外ヶ浜にありて、日本東北の限りなり。むかし源義経、高館をのがれ蝦夷へ渡らんと此所迄来り給ひしに、渡るべき順風なかりしかば数日逗留し、あまりにたへかねて、所持の観音の像を海岸の岩の上に置て順風を祈りしに、忽ち風かはり恙なく松前の地に渡り給ひぬ。其像今に此所の寺にありて義経の風祈りの観音といふ。又波打際に大なる岩ありて馬屋のごとく、穴三つ並べり。是義経の馬を立給ひし所となり。是によりて此地を三馬屋と称するなりとぞ。」と、何の疑いもさしはさまずに記してあるし、「また、奥州津軽の外ヶ浜に平館といふ所あり。此所の北にあたり巌石海に突出たる所あり。是を石崎の鼻といふ。其を越えて暫く行けば朱谷あり。山々高く聳えたる間より細き谷川流れ出て海に落る。此谷の土石皆朱色なり。水の色までいと赤く、ぬれたる石の朝日に映ずるいろ誠に花やかにして目さむる心地す。其落る所の海の小石までも多く朱色なり。此辺の海中の魚皆赤しと云。谷にある所の朱の気によりて海中の魚、或は石までも朱色なること無情有情ともに是に感ずる事ふしぎなり。」と言ってすましているかと思うと、また、おきなと称する怪魚が北海に住んでいて、「其大きさ二里三里にも及べるにや、つひに其魚の全身を見たる人はなし。稀れに海上に浮たるを見るに大なる島いくつも出来たるごとくなり、是おきなの背中尾鰭などの少しづつ見ゆるなりとぞ。二十尋三十尋の鯨を吞む事、鯨の鰯を吞むがごとくなるゆゑ、此魚来れば鯨東西に逃走るなり。」などと言っておどかしたり、また、「此三馬屋に逗留せし頃、一夜、此家の近きあたりの老人来りぬれば、家内の祖父祖母など打集り、囲炉裏にまとゐして四方山の物語せしに彼者共語りしは、扨も此二三十年以前松前の津波程おそろしかりしことはあらず、其頃風も静に雨も遠かりしが、只何となく空の気色打くもりたるやうなりしに、夜々折々光り物して東西に虚空を飛行するものあり、漸々に甚敷、其四五日前に到れば白昼にもいろいろの神々虚空を飛行し給ふ。衣冠にて馬上に見ゆるもあり、或は竜に乗り雲に乗り、或は犀象のたぐひに打乗り、白き装束なるもあり、赤き青き色々の出立にて、其姿も亦大なるもあり小きもあり、異類異形の仏神空中にみちみちて東西に飛行し玉ふ。我々も皆外へ出て毎日毎日いと有難くをがみたり。不思議なる事にてまのあたり拝み奉ることよと四五日が程もいひくらすうちに、ある夕暮、沖の方を見やりたるに、真白にして雪の山の如きもの遥に見ゆ。あれ見よ、又ふしぎなるものの海中に出来たれといふうちに、だんだん近く寄り来りて、近く見えし嶋山の上を打越して来るを見るに大浪の打来るなり。すは津波こそ、はや逃げよ、と老若男女われさきにと逃迷ひしかど、しばしが間に打寄て、民屋田畑草木禽獣まで少しも残らず海底のみくづと成れば、生残る人民、海辺の村里には一人もなし、扨こそ初に神々の雲中を飛行し給ひけるは此大変ある事をしろしめて此地を逃去り給ひしなるべしといひ合て恐れ侍りぬと語りぬ。」などという、もったいないような、また夢のようなことも、平易の文章でさらさらと書き記されているのである。現在のこの辺の風景に就いては、この際、あまり具体的に書かぬほうがよいと思われるし、荒唐無稽とは言っても、せめて古人の旅行記など書き写し、そのお伽噺みたいな雰囲気にひたってみるのも一興と思われて、実は、東遊記の二、三の記事をここに抜き書きしたというわけであったのだが、ついでにもう一つ、小説の好きな人には殊にも面白く感ぜられるのではあるまいかと思われる記事があるから紹介しよう。

「奥州津軽の外ヶ浜に在りし頃、所の役人より丹後の人は居ずやと頻りに吟味せし事あり。いかなるゆゑぞと尋ねるに、津軽の岩城山の神はなはだ丹後の人を忌嫌ふ、もし忍びても丹後の人此地に入る時は天気大きに損じて風雨打続き船の出入無く、津軽領はなはだ難儀に及ぶとなり。余が遊びし頃も打続き風悪しかりければ、丹後の人の入りて居るにやと吟味せしこととぞ。天気あしければ、いつにても役人よりきびしく吟味して、もし入込み居る時は急に送り出すこととなり。丹後の人、津軽領の界を出れば、天気たちまち晴て風静に成なり。土俗の、いひならはしにて忌嫌ふのみならず、役人よりも毎度改むる事、珍らしき事なり。青森、三馬屋、そのほか外ヶ浜通り港々、最も甚敷丹後の人を忌嫌ふ。あまりあやしければ、いかなるわけのありてかくはいふ事ぞと委敷尋ね問ふに、当国岩城山の神と云ふは、安寿姫出生の地なればとて安寿姫を祭る。此姫は丹後の国にさまよひて三庄大夫にくるしめられしゆゑ、今に至り、其国の人といへば忌嫌ひて風雨を起し岩城の神荒れ玉ふとなり。外ヶ浜通り九十里余、皆多くは漁猟又は船の通行にて世渡ることなれば、常々最も順風を願ふ。然るに、差当りたる天気にさはりあることとなれば、一国こぞつて丹後の人を忌嫌ふ事にはなりぬ。此説、隣境にも及びて松前南部等にても港々にては多く丹後人を忌みて送り出す事なり。かばかり人の恨は深きものにや。」

へんな話である。丹後の人こそ、いい迷惑である。丹後の国は、いまの京都府の北部であるが、あの辺の人は、この時代に津軽へ来たら、ひどいめに遭わなければならなかったわけである。安寿姫と厨子王の話は、私たちも子供の頃から絵本などで知らされているし、また鷗外の傑作「山椒大夫」の事は、小説の好きな人なら誰でも知っている。けれども、あの哀話の美しい姉弟が津軽の生れで、そうして死後岩木山に祭られているということは、あまり知られていないようであるが、実は、私はこれも何だか、あやしい話だと思っているのである。義経が津軽に来たとか、三里の大魚が泳いでいるとか、石の色が溶けて川の水も魚の鱗も赤いとかいうことを、平気で書いている南谿氏のことだから、これもあるいはれいの「強ひて其事の虚実を正さず」式の無責任な記事かもしれない。もっとも、この安寿厨子王津軽人説は、和漢三才図会の岩城山権現の条にも出ている。三才図会は漢文で少し読みにくいが、「相伝ふ、昔、当国（津軽）の領主、岩城判官正氏といふ者あり。永保元年の冬、在京中、讒者の為に西海に謫せらる。本国に二子あり。姉を安寿と名づく。弟を津志王丸と名づく。母と共にさまよひ、出羽を過ぎ、越後に到り直江の浦云々」などと自信ありげに書き出してあるが、おしまいのほうに到って、「岩城と津軽の岩城山とは南北百余里を隔て之を祭るはいぶかし」とおのずから語るに落ちるような工合になってしまっている。鷗外の「山椒大夫」には、「岩代の信夫郡の住家を出て」と書いている。つまりこれは、岩城という字を、「いわき」と読んだり「いわしろ」と読んだりして、ごちゃまぜになって、とうとう津軽の岩木山がその伝説を引き受けることになったのではないかと思われる。しかし、昔の津軽の人たちは、安寿厨子王が津軽の子供であることを堅く信じ、にっくき山椒大夫を呪うあまりに、丹後の人が入り込めば津軽の天候が悪化するとまで思いつめていたとは、私たち安寿厨子王の同情者にとっては、痛快でないこともないのである。

外ヶ浜の昔噺は、これくらいにしてやめて、さて、私たちのバスはお昼頃Mさんのいる今別に着いた。今別は前にも言ったように、明るく、近代的とさえ言いたいくらいの港町である。人口も四千に近いようである。N君に案内されて、Mさんのお家を訪れたが、奥さんが出て来られて、留守です、とおっしゃる。ちょっとお元気がないように見受けられた。よその家庭のこのような様子を見ると、私はすぐに、ああ、これは、僕のことで喧嘩をしたんじゃないかな？　と思ってしまう癖がある。当っていることもあるし、当っていないこともある。作家や新聞記者等の出現は、善良の家庭に、とかく不安の感を起こさせ易いものである。そのことは、作家にとっても、かなりの苦痛になっているはずである。この苦痛を体験したことのない作家は、馬鹿である。

「どちらへ、いらっしゃったのですか？」とN君はのんびりしている。リュックサックをおろして、「とにかく、ちょっと休ませていただきます。」玄関の式台に腰をおろした。

「呼んでまいります。」

「はあ、すみませんですな。」N君は泰然たるものである。「病院のほうですか？」

「え、そうかと思います。」美しく内気そうな奥さんは、小さい声で言って下駄をつっかけ外へ出て行った。Mさんは、今別のある病院に勤めているのである。

私もN君と並んで式台に腰をおろし、Mさんを待った。

「よく打ち合わせて置いたのかね。」

「うん、まあね。」N君は落ちついて煙草をふかしている。

「あいにく昼飯時で、いけなかったね。」私は何かと気をもんでいた。

「いや、僕たちもお弁当を持って来たんだから。」と言って澄ましている。西郷隆盛もかくやと思われるくらいであった。

Mさんが来た。はにかんで笑いながら、

「さ、どうぞ。」と言う。

「いや、そうしてもいられないんです。」とN君は腰をあげて、「船が出るようだったら、すぐに船で竜飛まで行きたいと思っているのです。」

「そう。」Mさんは軽く首肯き、「じゃあ、出るかどうか、ちょっと聞いて来ます。」

Mさんがわざわざ波止場まで聞きに行ってくれたのだが、船はやはり欠航ということであった。

「仕方がない。」たのもしい私の案内者は別に落胆した様子も見せず、「それじゃ、ここでちょっと休ませてもらって弁当を食べるか。」

「うん、ここで腰かけたままでいい。」私はいやらしく遠慮した。

「あがりませんか。」Mさんは気弱そうに言う。

「あがらしてもらおうじゃないか。」N君は平気でゲートルを解きはじめた。「ゆっくり、次の旅程を考えましょう。」

私たちはMさんの書斎に通された。小さい囲炉裏があって、炭火がパチパチ言っておこっていた。書棚には本がぎっしりつまっていて、ヴァレリイ全集や鏡花全集も揃えられてあった。「礼儀文華のいまだ開けざるはもつともの事なり」と自信ありげに断案を下した南谿氏も、ここに到ってあるいは失神するかもしれない。

「お酒は、あります。」上品なMさんは、かえってご自分のほうで顔を赤くしてそう言った。

「飲みましょう。」

「いやいや、ここで飲んでは、」と言いかけてN君は、うふふと笑ってごまかした。

「それは大丈夫。」とMさんは敏感に察して、「竜飛へお持ちになる酒は、また別に取って置いてありますから。」

「ほほ、」とN君は、はしゃいで、「いや、しかし、いまから飲んでは、きょうのうちに竜飛に到着することが出来なくなるかも、」などと言っているうちに、奥さんが黙ってお銚子を持って来た。この奥さんは、もとから無口な人なのであって、別に僕たちに対して怒っているのではないかもしれない、と私は自分に都合のいいように考え直し、

「それじゃ酔わない程度に、少し飲もうか。」とN君に向かって提案した。

「飲んだら酔うよ。」N君は先輩顔で言って、「きょうは、これあ、三厩泊りかな？」

「それがいいでしょう。きょうは今別でゆっくり遊んで、三厩までだったら歩いて、まあ、ぶらぶら歩いて一時間かな？　どんなに酔ってたって楽に行けます。」とMさんもすすめる。きょうは三厩一泊ときめて、私たちは飲んだ。

私には、この部屋へはいったときから、こだわっていたものが一つあった。それは私が蟹田でつい悪口を言ってしまったあの五十年配の作家の随筆集が、Mさんの机の上にきちんと置かれていることであった。愛読者というものは偉いもので、私があの日、蟹田の観瀾山であれほど口汚くこの作家を罵倒しても、この作家に対するMさんの信頼はいささかも動揺しなかったものとみえる。

「ちょっと、その本を貸して。」どうも気になって落ちつかないので、とうとう私は、Mさんからその本を借りて、いい加減にぱっと開いて、その箇所を鵜の目、鷹の目で読みはじめた。何かアラを拾って凱歌を挙げたかったのであるが、私の読んだ箇所は、その作家も特別に緊張して書いたところらしく、さすがに打ち込むすきがないのであ

る。私は、黙って読んだ。一ページ読み、二ページ読み、三ページ読み、とうとう五ページ読んで、それから、本を投げ出した。

「いま読んだところは、少しよかった。しかし、他の作品には悪いところもある。」と私は負け惜しみを言った。

Mさんは、うれしそうにしていた。

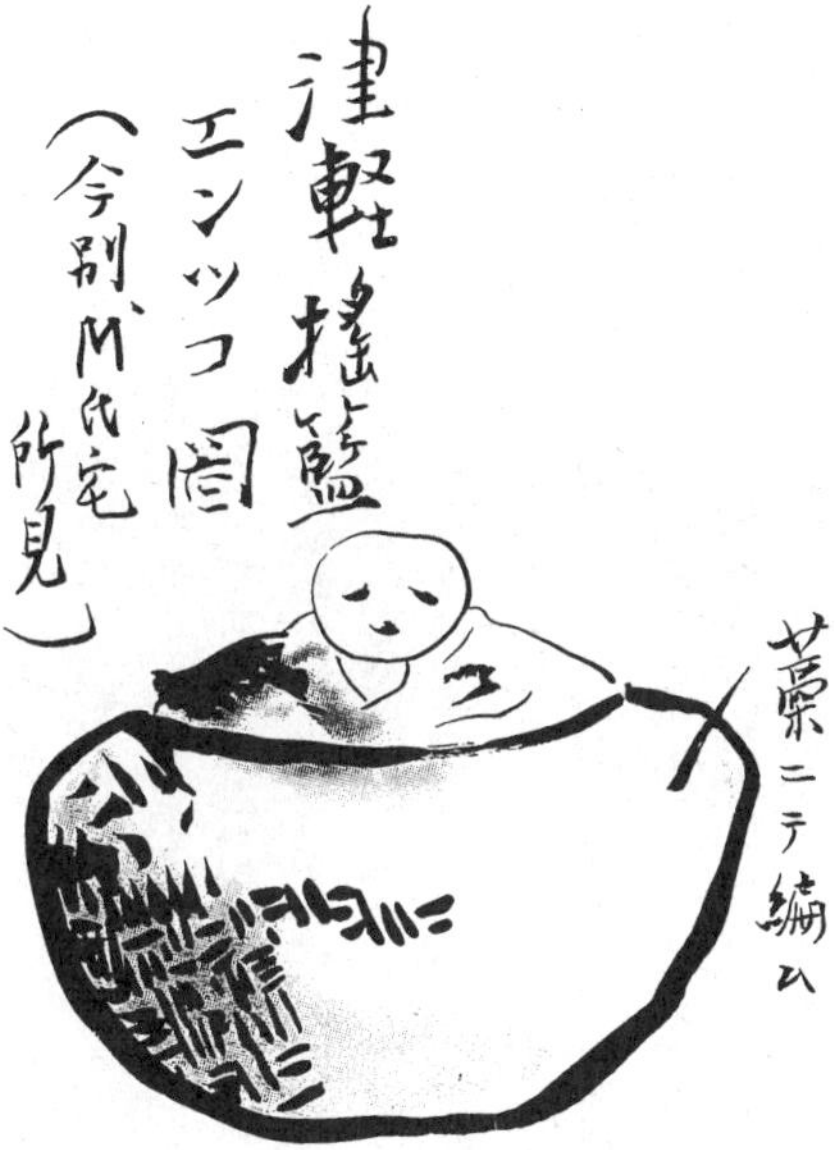

「装釘が豪華だからなあ。」と私は小さい声で、さらに負け惜しみを言った。「こんな上等の紙に、こんな大きな活字で印刷されたら、たいていの文章は、立派に見えるよ。」

Mさんは相手にせず、ただ黙って笑っている。勝利者の微笑である。けれども私は本心は、そんなに口惜しくもなかったのである。

いい文章を読んでほっとしていたのである。アラを拾って凱歌などを奏するよりは、どんなに、いい気持のものかわからない。ウソじゃない。私は、いい文章を読みたい。

今別には本覚寺という有名なお寺がある。貞伝和尚という偉い坊主が、ここの住職だったので知られているのである。貞伝和尚のことは、竹内運平氏著の青森県通史にも記載せられてある。すなわち、「貞伝和尚は、今別の新山甚左衛門の子で、早く弘前誓願寺に弟子入りして、のち磐城平、専称寺に修業すること十五年、二十九歳のときより津軽今別、本覚寺の住職となって、享保十六年四十二歳に到る間、其教化する処、津軽地方のみならず近隣の国々にも及び、享保十二年、金銅塔婆建立の供養のときの如きは、領内は勿論、南部、秋田、松前地方の善男善女の雲集参詣を見た」というようなことが記されてある。そのお寺を、これからひとつ見に行こうじゃないか、と外ヶ浜の案内者N町会議員は言い出した。

「文学談もいいが、どうも、君の文学談は一般向きでないね。ヘンテコなところがある。だから、いつまで経っても有名にならん。貞伝和尚なんかはね、」とN君は、かなり酔っていた。

「貞伝和尚なんかはね、仏の教えを説くのは後まわしにして、まず民衆の生活の福利増進を図ってやった。そうでもなくちゃ、民衆なんか、仏の教えも何も聞きやしないんだ。貞伝和尚は、あるいは産業を興し、あるいは、」と言いかけて、ひとりで噴き出し、「まあ、とにかく行ってみよう。今別へ来て本覚寺を見なくちゃ恥です。貞伝和尚は、外ヶ浜の誇りなんだ。そう言いながら、実は僕もまだ見ていないんだ。いい機会だから、きょうは見に行きたい。みんなで一緒に見に行こうじゃないか。」

私は、ここで飲みながらMさんと、いわゆるヘンテコなところのある文学談をしていたかった。Mさんも、そうらしかった。けれどもN君の貞伝和尚に対する情熱はなかなかのもので、とうとう私たちの重い尻(しり)を上げさせてしまった。

「それじゃ、その本覚寺に立ち寄って、それからまっすぐに三厩まで歩いて行ってしまおう。」私は玄関の式台に腰かけてゲートルを巻きつけながら、「どうです、あなたも。」と、Mさんを誘った。

「はあ、三厩までお供させていただきます。」

「そいつあ有難い。この勢いじゃ、町会議員は今夜あたり、三厩の宿で蟹田町政に就いて長講一席やらかすんじゃないかと思って、実は、憂鬱(ゆううつ)だったんです。あなたが附き合ってくれると、心強い。奥さん、御主人を今夜、お借りします。」

「はあ。」とだけ言って、微笑する。少しは慣れた様子であった。いや、あきらめたのかもしれない。

私たちはお酒をそれぞれの水筒につめてもらって、大陽気で出発した。そうして途中も、N君は、テイデン和尚、テイデン和尚、と言い、すこぶるうるさかったのである。お寺の屋根が見えてきた頃、私たちは、魚売りの小母さんに出逢(であ)った。曳(ひ)いているリヤカーには、さまざまのさかながいっぱい積まれている。私は二尺くらいの鯛(たい)を見つけて、

「その鯛は、いくらです。」まるっきり見当が、つかなかった。

「一円七十銭です。」安いものだと思った。

私は、つい、かってしまった。けれども買ってしまってから、始末に窮した。これからお寺へ行くのである。二尺の鯛をさげてお寺へ行くのは奇怪の図である。私は途方にくれた。

「つまらんものを買ったねえ。」とN君は、口をゆがめて私を軽蔑(けいべつ)した。「そんなものを買ってどうするの?」

「いや、三厩の宿へ行って、これを一枚のままで塩焼きにしてもらって、大きいお皿に載せて三人でつつこうと思ってね。」

「どうも、君は、ヘンテコなことを考える。それでは、まるでお祝言か何かみたいだ。」

「でも、一円七十銭で、ちょっと豪華な気分にひたることも出来るんだから有難いじゃないか。」

「有難かないよ。一円七十銭なんて、この辺では高い。実に君は下手(へた)な買い物をし

た。」

「そうかねえ。」私は、しょげた。

とうとう私は二尺の鯛をぶらさげたまま、お寺の境内にはいってしまった。

「どうしましょう。」と私は小声でMさんに相談した。「弱りました。」

「そうですね。」Mさんは真面目な顔をして考えて、「お寺へ行って新聞紙か何かもらって来ましょう。ちょっと、ここで待っていて下さい。」

Mさんはお寺の庫裏のほうに行き、やがて新聞紙と紐を持って来て、問題の鯛を包んで私のリュックサックにいれてくれた。私は、ほっとして、お寺の山門を見上げたりなどしたが、別段すぐれた建築とも見えなかった。

「たいしたお寺でもないじゃないか。」と私は小声でN君に言った。

「いやいや、いやいや。外観よりも内容がいいんだ。とにかく、お寺へはいって坊さんの説明でも聞きましょう。」

私は気が重かった。しぶしぶN君の後について行ったが、それから、実にひどいめに逢った。お寺の坊さんはお留守のようで、五十年配のおかみさんらしいひとが出て来て、私たちを本堂に案内してくれて、それから、長い長い説明がはじまった。私たちは、きちんと膝を折って、かしこまって拝聴していなければならぬのである。説明がちょっと一区切りついて、やれやれうれしやと立ち上がろうとすると、N君は膝を

すすめて、

「しからば、さらにもう一つお尋ねいたしますが、」と言うのである。「いったい、このお寺はテイデン和尚が、いつごろお作りになったものなのでしょうか。」

「何をおっしゃっているのです。貞伝上人様はこのお寺を御草創なさったのではございませんよ。貞伝上人様は、このお寺の中興開山、五代目の上人様でございまして、――」と、またもや長い説明が続く。

「そうでしたかな。」とN君は、きょとんとして、「しからば、さらにお尋ねいたしますが、このテイザン和尚は、」テイザン和尚と言った。まったく滅茶苦茶である。

N君は、ひとり熱狂して膝をすすめ膝をすすめ、ついにはその老婦人の膝との間隔が紙一重くらいのところまで進出して、一問一答をつづけるのである。そろそろ、あたりが暗くなってきて、これから三厩まで行けるか、どうか心細くなってきた。

「あそこにありまする大きな見事な額は、その大野九郎兵衛様のお書きになった額でございます。」

「さようでございますか。」とN君は感服し、「大野九郎兵衛様と申しますと、――」

「ご存じでございましょう。忠臣義士のひとりでございます。」忠臣義士と言ったようである。

「あのお方は、この土地でおなくなりになりまして、おなくなりになったのは、四十二歳、たいへん御信仰の厚いお方でございましたそうで、このお寺にもたびたび莫大の御寄進をなされ、――」

Mさんはこの時とうとう立ち上がり、おかみさんの前に行って、内ポケットから白紙に包んだものを差し出し、黙って丁寧にお辞儀をしてそれからN君に向かって、

「そろそろ、おいとまを。」と小さい声で言った。

「はあ、いや、帰りましょう。」とN君は鷹揚に言い、「結構なお話を承りました。」とおかみさんにおあいそを言って、ようやく立ち上がったのであるが、あとで聞いてみると、おかみさんの話を一つも記憶していないという。私たちは呆れて、

「あんなに情熱的にいろんな質問を発していたじゃないか。」と言うと、

「いや、すべて、うわのそらだった。何せ、ひどく酔ってたんだ。僕は君たちがいろいろ知りたいだろうと思って、がまんして、あのおかみの話相手になってやっていたんだ。僕は犠牲者だ。」つまらない犠牲心を発揮したものである。

三厩の宿に着いた時には、もう日が暮れかけていた。表二階の小綺麗な部屋に案内された。外ヶ浜の宿屋は、みな、町に不似合いなくらい上等である。部屋から、すぐ海が見える。小雨が降りはじめて、海は白く凪いでいる。

「わるくないね。鯛もあるし、海の雨を眺めながら、ゆっくり飲もう。」私はリュックサックから鯛の包みを出して、女中さんに渡し、「これは鯛ですけどね、これをこ

のまま塩焼きにして持って来て下さい。」

この女中さんは、あまり悧巧でないような顔をしていて、ただ、はあ、とだけ言って、ぼんやりその包みを受け取って部屋から出て行った。

「わかりましたか。」N君も、私と同様すこし女中さんに不安を感じたのであろう。呼びとめて念を押した。「そのまま塩焼きにするんですよ。三人だからと言って、三つに切らなくてもいいのですよ。ことさらに、三等分の必要はないんですよ。わかりましたか。」N君の説明も、あまり上手とは言えなかった。女中さんは、やっぱり、はあ、と頼りないような返事をしただけであった。

やがてお膳が出た。鯛はいま塩焼きにしています、お酒はきょうはないそうです、とにこりともせずに、れいの、悧巧そうでない女中さんが言う。

「仕方がない。持参の酒を飲もう。」

「そういうことになるね。」とN君は気早く、水筒を引き寄せ、「すみませんがお銚子を二本と盃を三つばかり。」

ことさらに三つとは限らないか、などと冗談を言っているうちに、鯛が出た。ことさらに三つに切らなくてもいいというN君の注意が、実に馬鹿馬鹿しい結果になっていたのである。頭も尾も骨もなく、ただ鯛の切り身の塩焼きが五片ばかり、何の風情もなく白茶けて皿に載っているのである。私は決して、たべものにこだわっているのではない。食いたくて、二尺の鯛を買ったのではない。読者は、わかってくれるだろうと思う。私はそれを一尾の原形のままで焼いてもらって、そうしてそれを大皿に載せて眺めたかったのである。食う食わないは主要な問題でないのだ。私は、それを眺めながらお酒を飲み、ゆたかな気分になりたかったのである。ことさらに三つに切らなくてもいい、というN君の言い方もへんだったが、そんなら五つに切りましょうと考えるこの宿の者の無神経が、癪にさわるやら、うらめしいやら、私は全く地団駄を踏む思いであった。

「つまらねえことをしてくれた。」お皿に愚かしく積まれてある五切れのやきざかな（それはもう鯛ではない、単なる、やきざかなだ）を眺めて、私は、泣きたく思った。せめて、刺身にでもしてもらったのなら、まだあきらめもつくと思った。頭や骨はどうしたろう。大きい見事な頭だったのに、捨てちゃったのかしら。さかなの豊富な地方の宿は、かえって、さかなに鈍感になって、料理法も何も知りやしない。

「怒るなよ、おいしいぜ。」人格円満のN君は、平気でそのやきざかなに箸をつけて、そう言った。

「そうかね。それじゃ、君がひとりで全部たべたらいい。食えよ。僕は、食わん。こんなもの馬鹿馬鹿しくって食えるか。だいたい、君が悪いんだ。ことさらに三等分の必要はない、なんて、そんな蟹田町会の予算総会で使うような気取った言葉で註釈を加えるから、あの間抜けの女中が、まごついてしまったんだ。君が悪いんだ。僕は、君を、うらむよ。」

N君はのんきに、うふふと笑い、

「しかし、また、愉快じゃないか。三つに切ったりなどしないように、と言ったら、五つに切った。しゃれている。しゃれているよ、ここの人は。さあ、乾盃、乾盃、乾盃。」

私は、わけのわからぬ乾盃を強いられ、鯛の鬱憤のせいか、ひどく銘酊して、あやうく乱に及びそうになったので、ひとりでさっさと寝てしまった。いま思い出しても、あの鯛は、くやしい。だいたい、無神経だ。

翌る朝、起きたら、まだ雨が降っていた。下へ降りて、宿の者に聞いたら、きょうも船は欠航らしいということであった。竜飛まで海岸伝いに歩いて行くより他はない。雨のはれ次第、思い切って、すぐ出発しようということになり、私たちは、また蒲団にもぐり込んで雑談しながら雨のはれるのを待った。

「姉と妹とがあってね。」私は、ふいとそんなお伽噺をはじめた。姉と妹が、母親から同じ分量の松毬を与えられ、これでもって、ごはんとおみおつけを作ってみよと言いつけられ、ケチで用心深い妹は、松毬を大事にして一個ずつ竈にほうり込んで燃やし、おみおつけどころか、ごはんさえ満足に煮ることが出来なかった。姉はおっとりとして、こだわらぬ性格だったので、与えられた松毬をいちどにどっと惜しげもなく竈にくべたところが、その火で楽にごはんが出来、そうして、あとに熾が残ったので、その熾で、おみおつけも出来た。「そんな話、知ってる？　ね、飲もうよ。竜飛へ持って行くんだって、ゆうべ、もう一つの水筒のお酒、残しておいたろう？　あれ飲もうよ。ケチケチしてたって仕様がないよ。こだわらずに、いちどにどっとやろうじゃないか。そうするとあとに熾が残るかもしれない。いや、残らなくてもいい。竜飛へ行ったら、また、何とかなるさ。何も竜飛でお酒を飲まなくたって、いいじゃないか。死ぬわけじゃあるまいし。お酒を飲まずに寝て、静かに、来しかた行く末を考えるのも、わるくないものだよ。」

「わかった、わかった。」N君は、がばと起きて、「万事、姉娘式で行こう。いちどにどっと、やってしまおう。」

私たちは起きて囲炉裏をかこみ、鉄瓶にお燗をして、雨のはれるのを待ちながら、残りのお酒を全部、飲んでしまった。

お昼頃、雨がはれた。私たちは、おそい朝飯をたべ、出発の身支度をした。うすら寒い曇天である。宿の前で、Mさんとわかれ、N君と私は北に向かって発足した。

「登ってみようか。」N君は義経寺の石の鳥居の前で立ちどまった。松前の何某という鳥居の寄進者の名が、その鳥居の柱に刻み込まれていた。

「うん。」私たちはその石の鳥居をくぐって、石の段々を登った。頂上まで、かなりあった。石段の両側の樹々の梢から雨のしずくが落ちて来る。

「これか。」

石段を登り切った小山の頂上には、古ぼけた堂屋が立っている。堂の扉には、笹竜胆の源家の紋が附いている。私はなぜか、ひどくにがにがしい気持で、

「これか。」と、また言った。

「これだ。」N君は間抜けた声で答えた。

むかし源義経、高館をのがれ蝦夷へ渡らんと此所迄来り給ひしに、渡るべき順風なかりしかば数日逗留し、あまりにたへかねて、所持の観音の像を海岸の岩の上に置いて順風を祈りしに、忽ち風かはり恙なく松前の地に渡り給ひぬ。其像今に此所の寺にありて義経の風祈りの観音といふ。

れいの「東遊記」で紹介せられているのは、この寺である。

私たちは無言で石段を降りた。

「ほら、この石段のところどころに、くぼみがあるだろう？　弁慶の足あとだとか、義経の馬の足あとだとか、何だとかいう話だ。」N君はそう言って、力なく笑った。

私は信じたいと思ったが、駄目であった。鳥居を出たところに岩がある。東遊記にまた曰く、

「波打際に大なる岩ありて馬屋のごとく、穴三つ並べり。是義経の馬を立給ひし所となり。是によりて此地を三馬屋（みまや）と称するなりとぞ。」

　私たちはその巨岩の前を、ことさらに急いで通り過ぎた。故郷のこのような伝説は、奇妙に恥ずかしいものである。

「これは、きっと、鎌倉時代によそから流れて来た不良青年の二人組が、何を隠そうそれがしは九郎判官、してまたこれなる髯男（ひげおとこ）は武蔵坊弁慶、一夜の宿をたのむぞ、なんて言って、田舎娘をたぶらかして歩いたのに違いない。どうも、津軽には、義経の伝説が多すぎる。鎌倉時代だけじゃなく、江戸時代になっても、そんな義経と弁慶が、うろついていたのかもしれない。」

「しかし、弁慶の役は、つまらなかったろうね。」N君は私よりも更に鬚（ひげ）が濃いので、あるいは弁慶の役を押しつけられるのではなかろうかという不安を感じたらしかった。

「七つ道具という重いものを背負って歩かなくちゃいけないのだから、やっかいだ。」

　話しているうちに、そんな二人の不良青年の放浪生活が、ひどく楽しかったもののように空想せられ、うらやましくさえなってきた。

「この辺には、美人が多いね。」と私は小声で言った。通り過ぎる部落の、家の蔭からちらちらと姿を見せてふっと消える娘さんたちは、みな色が白く、みなりも小ざっぱりして、気品があった。手足が荒れていない感じなのである。

「そうかね。そう言えば、そうだね。」N君ほど、女にあっさりしている人も少ない。ただ、もっぱら、酒である。

「まさか、いま、義経だと言って名乗ったって、信じないだろうしね。」私は馬鹿なことを空想していた。

はじめは、そんなたわいないことを言い合って、ぶらぶら歩いていたのだが、だんだん二人の歩調が早くなってきた。まるで二人で足早を競っているみたいな形になった。そうして、めっきり無口になった。三厩の酒の酔いが醒めてきたのである。ひどく寒い。いそがざるを得ないのである。私たちは、共に厳粛な顔になって、せっせと歩いた。浜風が次第に勁くなってきた。私は帽子を幾度も吹き飛ばされそうになって、その度ごとに、帽子の鍔をぐっと下にひっぱり、とうとうスフの帽子の鍔の附け根が、びりりと破れてしまった。雨が時々、ぱらぱら降る。真っ黒い雲が低く空を覆っている。波のうねりも大きくなってきて、海岸伝いの細い路を歩いている私たちの頬にしぶきがかかる。

「これでも、道がずいぶんよくなったのだよ。六、七年前は、こうではなかった。波のひくのを待って素早く通り抜けなければならぬところが幾箇処もあったのだからね。」

「でも、いまでも、夜は駄目だね。とても、歩けまい。」

「そう、夜は駄目だ、義経でも弁慶でも駄目だ。」

私たちは真面目な顔をしてそんなことを言い、なおもせっせと歩いた。

「疲れないか。」N君は振り返って言った。「案外、健脚だね。」

「うん、未だ老いずだ。」

二時間ほど歩いた頃から、あたりの風景は何だか異様に凄くなってきた。凄愴とでもいう感じである。それは、もはや、風景ではなかった。風景というものは、永い年月、いろんな人から眺められ形容せられ、いわば、人間の眼で舐められて軟化し、人間に飼われてなついてしまって、高さ三十五丈の華厳の滝にでも、やっぱり檻の中の猛獣のような、人くさい匂いが幽かに感ぜられる。昔から絵にかかれ歌によまれ俳句に吟ぜられた名所難所には、すべて例外なく、人間の表情が発見せられるものだが、この本州北端の海岸は、てんで、風景にも何も、なってやしない。点景人物の存在もゆるさない。強いて、点景人物を置こうとすれば、白いアッシを着たアイヌの老人でも借りてこなければならない。むらさきのジャンパーを着たにやけ男などは、一も二もなくはねかえされてしまう。絵にも歌にもなりやしない。ただ岩石と、水である。ゴンチャロフであったか、大洋を航海して時化に遭ったとき、老練の船長が、「まあちょっと甲板に出てごらんなさい。この大きい波を何と形容したらいいのでしょう。あなたがた文学者は、きっとこの波に対して素晴らしい形容詞を与えて下さるに違いい。」

ない。」ゴンチャロフは、波を見つめてやがて、溜息をつき、ただ一言、「おそろしい。」

大洋の激浪や、沙漠の暴風に対しては、どんな文学的な形容詞も思い浮かばないのと同様に、この本州の路のきわまるところの岩石や水も、ただ、おそろしいばかりで、私はそれから眼をそらして、ただ自分の足もとばかり見て歩いた。もう三十分くらいで竜飛に着くという頃に、私は幽かに笑い、

「こりゃどうも、やっぱりお酒を残しておいたほうがよかったね。竜飛の宿に、お酒があるとは思えないし、どうもこう寒くてはね。」と思わず愚痴をこぼした。

「いや、僕もいまそのことを考えていたんだ。も少し行くと、僕の昔の知り合いの家があるんだが、ひょっとするとそこに配給のお酒があるかもしれない。そこは、お酒を飲まない家なんだ。」

「当ってみてくれ。」

「うん、やっぱり酒がなくちゃいけない。」

竜飛の一つ手前の部落に、その知り合いの家があった。N君は帽子を脱いでその家へはいり、しばらくして、笑いを噛み殺しているような顔をして出て来て、

「悪運つよし。水筒にいっぱいつめてもらってきた。五合以上はある。」

「燠が残っていたわけだ。行こう。」

もう少しだ。私たちは腰を曲げて烈風に抗し、小走りに走るようにして竜飛に向かって突進した。路がいよいよ狭くなったと思っているうちに、不意に、鶏小舎に頭を突っ込んだ。一瞬、私は何が何やら、わけがわからなかった。

「竜飛だ。」とN君が、変わった調子で言った。

「ここが？」落ちついて見廻すと、鶏小舎と感じたのが、すなわち竜飛の部落なのである。兇暴の風雨に対して、小さい家々が、ひしとひとかたまりになって互いに庇護し合って立っているのである。ここは、本州の極地である。この部落を過ぎて路はない。あとは海にころげ落ちるばかりだ。路が全く絶えているのである。ここは、本州の袋小路だ。読者も銘肌せよ。諸君が北に向かって歩いているとき、その路をどこまでも、さかのぼり、さかのぼり、さかのぼり行けば、必ずこの外ヶ浜街道に到り、路がいよいよ狭くなり、さらにさかのぼれば、すぽりとこの鶏小舎に似た不思議な世界に落ち込み、そこにおいて諸君の路は全く尽きるのである。

「誰だって驚くよ。僕もね、はじめてここへ来たとき、や、これはよその台所へはいってしまった、と思ってひやりとしたからね。」とN君も言っていた。

露路をとおって私たちは旅館に着いた。お婆さんが出て来て、私たちを部屋に案内した。この旅館の部屋もまた、おや、と眼をみはるほど小綺麗で、そうして普請も決して薄っぺらでない。まず、どてらに着換えて、私たちは小さい囲炉裏を挟んであぐらをかいて坐り、やっと、どうやら、人心地を取りかえした。

「ええと、お酒はありますか。」N君は、思慮分別ありげな落ちついた口調で婆さんに尋ねた。答えは、案外であった。

「へえ、ございます。」おもながの、上品な婆さんである。そう答えて、平然としている。N君は苦笑して、

「いや、おばあさん。僕たちは少し多く飲みたいんだ。」

「どうぞ、ナンボでも。」と言って微笑(ほほえ)んでいる。

私たちは顔を見合わせた。このお婆さんは、このごろお酒が貴重品になっているという事実を、知らないのではなかろうかとさえ疑われた。

「きょう配給がありましてな、近所に、飲まないところもかなりありますから、そんなのを集めて、」と言って、集めるような手つきをして、それから一升瓶をたくさんかかえるように腕をひろげて、「さっき内の者が、こんなにいっぱい持ってまいりました。」

「それくらいあれば、たくさんだ。」と私は、やっと安心して、「この鉄瓶でお燗(かん)をしますから、お銚子(ちょうし)にお酒をいれて四、五本、いや、めんどうくさい、六本、すぐに持って来て下さい。」お婆さんの気の変わらぬうちに、たくさん取り寄せておいたほうがいいと思った。「お膳(ぜん)は、あとでもいいから。」

お婆さんは、言われたとおりに、お盆へ、お銚子を六本載せて来た。一、二本、飲んでいるうちにお膳も出た。

「どうぞ、まあ、ごゆっくり。」

「ありがとう。」

六本のお酒が、またたく間になくなった。

「もうなくなった。」私は驚いた。「ばかに早いね。早すぎるよ。」

「そんなに飲んだかね。」とN君も、いぶかしそうな顔をして、からのお銚子を一本ずつ振ってみて、「ない。何せ寒かったもので、無我夢中で飲んだらしいね。」

「どのお銚子にも、こぼれるくらいいっぱいお酒がはいっていたんだぜ。こんなに早く飲んでしまって、もう六本なんて言ったら、お婆さんは僕たちを化け物じゃないかと思って警戒するかもしれない。つまらぬ恐怖心を起こさせて、もうお酒はかんべんして下さいなどと言われてもいけないから、ここは、持参の酒をお燗して飲んで、少し間をもたせて、それから、もう六本ばかりと言ったほうがよい。今夜は、この本州の北端の宿で、ひとつ飲み明かそうじゃないか。」と、へんな策略を案出したのが失敗の基であった。

私たちは、水筒のお酒をお銚子に移して、こんどは出来るだけゆっくり飲んだ。そのうちにN君は、急に酔ってきた。

「こりゃいかん。今夜は僕は酔うかもしれない。」酔うかもしれないじゃない。既にもうひどく酔ってしまった様子である。「こりゃ、いかん。今夜は、僕は酔うぞ。いいか。酔ってもいいか。」

「かまわないとも。僕も今夜は酔うつもりだ。ま、ゆっくりやろう。」

「歌を一つやらかそうか。僕の歌は、君、聞いたことがないだろう。めったにやらないんだ。でも、今夜は一つ歌いたい。ね、君、歌ってもいいだろう。」

「仕方がない。拝聴しよう。」私は覚悟をきめた。

いくう、山河あ、と、れいの牧水の旅の歌を、N君は眼をつぶって低く吟じはじめた。想像していたほどは、ひどくない。黙って聞いていると、身にしみるものがあった。

「どう？　へんかね。」

「いや、ちょっと、ほろりとした。」

「それじゃ、もう一つ。」

こんどは、ひどかった。彼も本州の北端の宿へ来て、気宇が広大になったのか、仰天するほどのおそろしい蛮声を張り上げた。

とうかいのう、小島のう、磯のう、と、啄木の歌をはじめたのだが、その声の荒々しく大きいこと、外の風の音も、彼の声のために打ち消されてしまったほどであった。

「ひどいなあ。」と言ったら、

「ひどいか。それじゃ、やり直し。」大きく深呼吸を一つして、さらに蛮声を張り上げるのである。東海の磯の小島、と間違って歌ったり、また、どういうわけか突如として、今もまた昔を書けば増鏡、なんて増鏡の歌が出たり、呻くが如く、喚くが如く、おらぶが如く、実にまずいことになってしまった。私は、奥のお婆さんに聞こえなければいいが、とはらはらしていたのだが、果たせる哉、襖がすっとあいて、お婆さんが出て来て、

「さ、歌コも出たようだし、そろそろ、お休みになりせえ。」と言って、お膳をさげ、さっさと蒲団をしいてしまった。さすがに、N君の気宇広大の蛮声には、度胆を抜かれたものらしい。私はまだまだ、これから、大いに飲もうと思っていたのに、実に、馬鹿らしいことになってしまった。

「まずかった。歌は、まずかった。一つか二つでよせばよかったのだ。あれじゃあ、誰だっておどろくよ。」と私は、ぶつぶつ不平を言いながら、泣き寝入りの形であった。

翌る朝、私は寝床の中で、童女のいい歌声を聞いた。翌る日は風もおさまり、部屋には朝日がさし込んでいて、童女が表の路で手毬歌を歌っているのである。私は、頭をもたげて、耳をすました。

せッせッせ
夏もちかづく
八十八夜
野にも山にも
新緑の
風に藤波
さわぐ時

私は、たまらない気持になった。いまでも中央の人たちに蝦夷の土地と思い込まれて軽蔑（けいべつ）されている本州の北端で、このような美しい発音の爽（さわ）やかな歌を聞こうとは思わなかった。かの佐藤理学士の言説の如く、「人もし現代の奥州に就いて語らんと欲すれば、まず文芸復興直前のイタリヤにおいて見受けられたあの鬱勃（うつぼつ）たる擡頭（たいとう）力を、この奥州の地に認めなければならぬ。文化において、はたまた産業において然り、かしこくも明治大帝の教育に関する大御心（おおみこころ）はまことに神速に奥州の津々浦々にまで浸透して、奥州人特有の聞きぐるしき鼻音の減退と標準語の進出とを促し、嘗（かつ）ての原始的状態に沈淪（ちんりん）した蒙昧（もうまい）な蛮族の居住地に教化の御光を与え、而（しこう）して、いまや見よ云々。」というような、希望に満ちた曙光に似たものを、その可憐な童女の歌声に感じて、私はたまらない気持であった。

四　津軽平野

「津軽」本州の東北端日本海方面の古称。斉明天皇の御代、越の国司、阿倍比羅夫出羽方面の蝦夷地を経略して齶田（今の秋田）渟代（今の能代）津軽に到り、遂に北海道に及ぶ。これ津軽の名の初見なり。乃ち其地の酋長を以て津軽郡領とす。此際、遣唐使坂合部連石布、蝦夷を以て唐の天子に示す。随行の官人、伊吉連博徳、下問に応じて蝦夷の種類を説いて云はく、類に三種あり、近きを熟蝦夷、次を麁蝦夷、遠きを都加留と名づくと。其他の蝦夷は、おのづから別種として認められしものの如し。津軽蝦夷の称は、元慶二年出羽の夷反乱の際にも、屢〻散見す。当時の将軍藤原保則。乱を平げて津軽より渡島に至り、雑種の夷人前代未だ嘗て帰附せざるもの、悉く内属とすとあり。渡島は今の北海道なり。津軽の陸奥に属せしは、源頼朝奥羽を定め、陸奥の守護の下に附せし以来の事なるべし。

「青森県沿革」本県の地は、明治の初年に到るまで岩手・宮城・福島諸県の地と共に一箇国を成し、陸奥といひ、明治の初年には此地に弘前・黒石・八戸・七戸および斗南の五藩ありしが、明治四年七月列藩を廃して悉く県となし、同年九月府県廃合の事あり。一時みな弘前県に合併せしが、同年十一月弘前県を廃し、青森県を置き、前記の各藩を以て其管下とせしも、後二戸郡を岩手県に附し、以て今日に到れり。

「津軽氏」藤原氏より出でたる氏。鎮守府将軍秀郷より八世秀栄、康和の頃陸奥津軽郡の地を領し、後に津軽十三の湊に城きて居り、津軽を氏とす。明応年中、近衛尚通の子政信、家を継ぐ。政信の孫為信に到りて大に著はる。其子孫わかれて弘前・黒石の旧藩主たりし諸家等となる。

「津軽為信」戦国時代の武将。父は大浦甚三郎守信、母は堀越城主武田重信の女なり。天文十九年正月生る。幼名扇。永禄十年三月、十八歳の時、伯父津軽為則の養子となり、近衛前久の猶子となれり。妻は為則の女なり。元亀二年五月、南部高信と戦ひこれを斬り、天正六年七月二十七日、波岡城主北畠顕村を伐ち其領を併せ、尋で近傍の諸邑を略し、十三年には凡そ津軽を一統し、十五年豊臣秀吉に謁せんとして発途せしも、秋田城介安倍実季、道を遮り果さずして還る。十七年、鷹、馬等を秀吉に贈り好を通ず。されば十八年の小田原征伐にも早く秀吉の軍に応じたりしを以て、津軽及合浦・外ヶ浜一円を安堵せり。十九年の九戸乱にも兵を出し、文禄二年四月上洛して秀吉に謁し、又近衛家に謁え、牡丹花の徽章を用ふるを許さる。尋で使を肥前名護屋に遣はし、秀吉の陣を犒ひ、三年正月には従四位下右京大夫となり、慶長五年関ヶ原の役には、兵を出して徳川家康の軍に従ひ、西上して大垣に戦ひ、上野国大館二千石を加増す。十二年十二月五日、京都にて卒す。年五十八。

「津軽平野」陸奥国、南・中・北、三津軽郡に亙る平野。岩木川の河谷なり。東は十和田湖の西より北走する津軽半島の脊梁をなす山脈を限とし、南は羽後境の矢立峠・立石越等により分水線を画し、西は岩木山塊と海岸一帯の砂丘（屏風山と称す）に擁蔽せらる。岩木川は其本流西方よりし、南より来る平川及び東より来る浅瀬石川と弘前市の北にて会合し、正北に流れ、十三潟に注ぎて後、海に入る。平野の広袤、南北約十五里、東西の幅約五里、北するに随って幅は縮小し、木造・五所川原の線にて三里、十三潟の岸に到れば僅かに一里なり。此間土地低平、支流溝渠網の如く通じ、青森県産米は、大部分此平野より出づ。（以上日本百科大辞典に拠る）

　津軽の歴史は、あまり人に知られていない。陸奥も青森県も津軽も同じものだと思っている人さえあるようである。無理もないことで、むかし私たちが学校で習った日本歴史の教科書には、津軽という名詞が、たった一箇所に、ちらと出ているだけであった。すなわち、阿倍比羅夫の蝦夷討伐のところに、「孝徳天皇が崩ぜられて、斉明天皇がお立ちになるや、中大兄皇子は、引き続き皇太子として政をお輔けになり、阿倍比羅夫をして、今の秋田・津軽の地方を平らげしめられた」というような文章があって、津軽の名前も出てくるが、本当にもう、それっきり、小学校の教科書にも、また中学校の教科書にも、高等学校の講義にも、その比羅夫のところの他には津軽なんて名前は出てこない。四道将軍の派遣も、北方は今の福島県あたりまでだったようだし、それから約二百年後の日本武尊の蝦夷御平定も北は日高見国までのようで、日高見国というのは今の宮城県の北部あたりらしく、それから約五百五十年くらい経って大化改新があり、阿倍比羅夫の蝦夷征伐によって、はじめて津軽の名前が浮かび上がり、また、それっ切り沈んで、奈良時代には多賀城（今の仙台市附近）秋田城（今の秋田市）を築いて蝦夷を鎮められたと伝えられているだけで津軽の名前はも早や出てこない。平安時代になって、坂上田村麻呂が遠く北へ進んで蝦夷の根拠地をうち破り、胆沢城（今の岩手県水沢町附近）を築いて鎮所となしたとあるが、津軽まではやって来なかったようである。その後、弘仁年間には文室綿麻呂の遠征があり、また元慶二年には出羽蝦夷の叛乱があり藤原保則その平定に赴き、その叛乱には津軽蝦夷も荷担していたとかいうことであるが、専門家でもない私たちは、蝦夷征伐といえば田村麻呂、その次には約二百五十年ばかり飛んで源平時代初期の、前九年後三年の役を教えられているばかりである。この前九年後三年の役だって、舞台は今の岩手県・秋田県であって、安倍氏清原氏などのいわゆる熟蝦夷が活躍するばかりで、都加留などという奥地の純粋の蝦夷の動静に就いては、私たちの教科書には少しも記されていなかった。それから藤原氏三代百余年間の平泉の栄華があり、文治五年、源頼朝によって奥州は平定せられ、もうその頃から、私たちの教科書はいよいよ東北地方から遠ざかり、明治維新にも奥州諸藩は、ただちょっと立って裾をはたいて坐り直したというだけの形で、薩長土の各藩における如き積極性は認められない。まあ、大過なく時勢に便乗した、と言われても、仕方のないようなところがある。結局、もう、何もない。むかしの私たちの教科書、神代のことはとにかく神武天皇以来現代まで、阿倍比羅夫ただ一箇所において「津軽」の名前を見つけることが出来るだけだというのは、まことに心細い。いったい、その間、津軽では何をしていたのか。ただ、裾をはたいて坐り直し、また裾をはたいて坐り直し、いわゆる二千六百年間、一歩も外へ出ないで、眼をぱちくりさせていただけのことなのか。いやいやそうではないらしい。ご当人に言わせると、「こう見えても、これでなかなか忙しくてねえ。」というようなところらしい。

「奥羽とは奥州、出羽の併称で、奥州とは陸奥の略称である。陸奥とは、もと白河、勿来の二関以北の総称であった。名義は『道の奥』で、略されて『みちのく』となった。その『みち』の国の名を、古い地方音によって『むつ』と発音し、『むつ』の国となった。この地方は東海東山両道の末をうけて、一番奥にある異民族住居の国であったから、漠然と道の奥と呼んだに他ならぬ。漢字『陸』は『道』の義である。
次に出羽は『いでは』で、出端の義と解せられる。古は本州中部から東北の日本海方面地方を漠然と越の国と呼んだ。これも奥の方は、陸奥と同じく、久しく異民族住居の化外の地で、これを出端と言ったのであろう。即ち太平洋方面なる陸奥と共に、もと久しく王化の外に置かれた僻陬であったことを、その名に示している。」というのは、喜田博士の解説であるが、簡明である。解説は簡明で明瞭なるに越したことはない。出羽奥州すでに化外の僻陬と見なされていたのだから、その極北の津軽半島などに到っては熊や猿の住む土地くらいに考えられていたかもしれない。喜田博士は、さらに奥羽の沿革を説き、「頼朝の奥羽平定以後と雖も、その統治に当り自然他と同一なること能わず、『出羽陸奥に於いては夷の地たるによりて』との理由のもとに、一旦実施しかけた田制改革の処分をも中止して、すべて秀衡、泰衡の旧規に従うべきことを命ずるのやむを得ざる程であった。随って最北の津軽地方の如きは、住民まだ蝦夷の旧態を存するもの多く、直接鎌倉武士を以てしては、これを統治し難い事情があったと見えて、土豪安東氏を代官に任じ、蝦夷管領としてこれを鎮撫せしめた」というようなことを記している。この安東氏の頃あたりから、まあ、少しは津軽の事情もわかってくる。その前は、何が何やら、アイヌがうろうろしていただけのことかもしれない。しかし、このアイヌは、ばかに出来ない。いわゆる日本の先住民族の一種であるが、いま北海道に残ってしょんぼりしているアイヌとは、根本的にたちが違っていたものらしい。その遺物遺跡を見るに、世界のあらゆる石器時代の土器に比して優位をしめている程であるとも言われ、今の北海道アイヌの祖先は、古くから北海道に住んで、本州の文化に触れること少なく、土地隔絶、天恵少なく、随って石器時代にも、奥羽地方の同族に見るが如き発達を遂げるに到らず、殊に近世は、松前藩以来、内地人の圧迫を被ること多く、甚しく去勢されて、堕落の極に達しているのに反し、奥羽のアイヌは、溌剌と独自の文化を誇り、あるいは内地諸国に移住し、また内地人も奥羽へ盛んに入り込んで来て、次第に他の地方と区別のない大和民族になってしまった。それに就いて理学博士小川琢治氏も、次のように論断しているようである。

「続日本紀には奈良朝前後に粛慎人及び渤海人が、日本海を渡って来朝した記載がある。そのうち特に著しいのは聖武天皇の天平十八年（一四〇六年）（皇紀）及び光仁天皇の宝亀二年（一四三一年）の如く渤海人千余人、つぎに三百余人の多人数が、それぞれ今の秋田地方に来着した事実で、満洲地方と交通がすこぶる自由に行われたのは想像に難くない。秋田附近から五銖銭が出土したことがあり、東北には漢文帝武帝を祀った神社があったらしいのは、いずれも直接の交通が大陸とこの地方との間に行われたことを推測せしめる。今昔物語に、安倍頼時が満洲に渡って見聞したことを載せたのは、これらの考古学及び土俗学上の資料と併せ考えて、決して一場の説話として捨てるべきものでない。われわれは、更に一歩を進めて、当時の東北蕃族は皇化東漸以前に、大陸との直接の交通によって得たる文華の程度が、不充分なる中央に残った史料から推定する如く、低級ではなかったことを同時に確信し得られるのである。田村麻呂、頼義、義家などの武将が、これを綏服するにすこぶる困難であったのも、敵手が単に無智なるがために精悍なる台湾生蕃の如き土族でなかったと考えて、はじめて氷解するのである。」

そうして、小川博士は、大和朝廷の大官たちが、しばしば蝦夷、東人、毛人などと名乗ったのは、一つには、奥羽地方人の勇猛、またはその異国的なハイカラな情緒にあやかりたいという意味もあったのではなかろうかと考えてみるのも面白いではないか、というようなことも言い添えている。こうして見ると津軽人の祖先も、本州の北端で、決してただうろうろしていたわけではなかったようでもあるが、けれども、中央の歴史には、どういうものか、さっぱり出てこない。わずかに、前述の安東氏あたりから、津軽の様子が、ほのかに分明してくる。喜田博士の曰く、「安東氏は自ら安倍貞任の子高星の後と称し、その遠祖は長髄彦の兄安日なりと言っている。長髄彦、神武天皇に抗して誅せられ、兄安日は奥州外ヶ浜に流されて、その子安倍氏となったというのである。いずれにしても鎌倉時代以前よりの、北奥の大豪族であったに相違ない。津軽において、口三郡は鎌倉役であり奥三郡は御内裏様御領で、天下の御帳に載らざる無役の地だったと伝えられているのは、鎌倉幕府の威力もその奥地に及ばず、安東氏の自由に委して、いわゆる守護不入の地となっていたことを語ったものであろう。

鎌倉時代の末、津軽において安東氏一族の間に内訌あり、遂に蝦夷の騒乱となるに到って、幕府の執権北条高時、将を遣わしてこれを鎮撫せしめたが、鎌倉武士の威力を以てしてこれに勝つ能わず、結局和談の儀を以て引き上げたとある。」

さすがの喜田博士も津軽の歴史を述べるに当っては、少し自信のなさそうな口振りである。まったく、津軽の歴史は、はっきりしないらしい。ただ、この北端の国は、他国と戦い、負けたことがないというのは本当のようだ。服従という観念に全く欠けていたらしい。他国の武将もこれには呆れて、見て見ぬ振りをして勝手に振る舞わせていたらしい。昭和文壇における誰かと似ている。それはともかく、他国が相手にせぬので、仲間同志で悪口を言い合い格闘をはじめる。安東氏一族の内訌に端を発した津軽蝦夷の騒擾などその一例である。津軽の人、竹内運平氏の青森県通史によれば、「この安東一族の騒乱は、引いて関八州の騒動となり、いわゆる北条九代記の『是ぞ天地の命の革むべき危機の初め』となってやがては元弘の変となり、建武の中興となった」とあるが、あるいはその御大業の遠因の一つに数えられてしかるべきものかもしれない。まことならば、津軽が、ほんの少しでも中央の政局を動かしたのは、実にこれ一つということになって、この安東氏一族の内訌は、津軽の歴史に特筆大書すべき光栄ある記録とでも言わなければならなくなる。いまの青森県の太平洋寄りの地方は古くから糠部と称する蝦夷地であったが、鎌倉時代以後、ここに甲州武田氏の一族南部氏が移り住み、その勢いすこぶる強大となり、吉野、室町時代を経て、秀吉の全国統一に到るまで、津軽はこの南部と争い、津軽においては安東氏のかわりに津軽氏が立ち、どうやら津軽一国を安堵し、津軽氏は十二代つづいて、明治維新、藩主承昭は藩籍を謹んで奉還したというのが、まあ、津軽の歴史の大略である。この津軽氏の遠祖に就いては諸説がある。喜田博士もそれに触れて、「津軽においては、安東氏没落し、津軽氏独立して南部氏と境を接して長く相敵視する間柄となった。津軽氏は近衛関白尚通の後裔と称している。しかし一方では南部氏の分れであるといい、あるいは藤原基衡の次男秀栄の後だとも、あるいは安東氏の一族であるかの如くにも伝え、諸説紛々適従するところを知らぬ。」と言っている。また、竹内運平氏もそのことに就いて次のように述べている。「南部家と津軽家とは江戸時代を通じ、著しく感情の疎隔を有しつつ終始した。右の原因は、南部氏が津軽家を以て祖先の敵であり旧領を横領せるものと見做すこと、及び津軽家はもと南部の一族であり、被官の地位にあったのに其主に背いたと称し、また一方、津軽家にては、わが遠祖は藤原氏であり、中世においても近衛家の血統の加われるものである、と主張すること等から起こっているらしい。勿論、事実において南部高信は津軽為信のために亡ぼされ、津軽郡中の南部方の諸城は奪取せられているのみならず、為信数代の祖大浦光信の母は、南部久慈備前守の女であり、以後数代南部信濃守と称している家柄であったから、南部氏の津軽家に対し一族の裏切り者として深怨を含んでいることも無理のないことと思う。なお、津軽家はその遠祖を藤原、近衛家などに求めているが、現在より見ては、必ずしも吾等を首肯せしむる根本証拠を伴うているものではない。南部氏に非ず、との弁護の立場を取って居る可足記の如きも、甚だ力弱い論旨を示して居る。古くは津軽においても高屋家記の如きは、大浦氏を以て南部家の支族とし、本立日記にも『南部様津軽様御家は御一体なり』と言い、近来出版になった読史備要等も為信を久慈氏（南部氏一族）として居ることに対し、それを否定すべき確実なる資料は、今のところないように思う。しかし津軽には過去にこそ南部の血統もあり、また被官ではあっても、血統の他の一面にはどんな由緒のものもないとは云えない。」と喜田博士同様、断乎たる結論は避けている。それを簡明直截に疑わず規定しているのは、日本百科大辞典だけであったから、一つの参考としてこの章のはじめに載せておいた。

以上くだくだしく述べてきたが、考えてみると、津軽というのは、日本全国から見てまことに眇たる存在である。芭蕉の「奥の細道」には、その出発に当り、「前途三千里のおもひ胸にふさがりて」と書いてあるが、それだって、北は平泉、いまの岩手県の南端に過ぎない。青森県に到達するには、その二倍歩かなければならぬ。そうして、その青森県の日本海寄りの半島たった一つが津軽なのである。昔の津軽は、全流程二十二里八町の岩木川に沿うてひらけた津軽平野を中心に、東は青森、浅虫あたりまで、西は日本海海岸を北から下ってせいぜい深浦あたりまで、そうして南は、まあ弘前までといっていいだろう。分家の黒石藩が南にあるが、この辺にはまた黒石藩としての独自の伝統もあり、津軽藩とちがったいわゆる文化的な気風も育成せられているようだから、これは除いて、そうして、北端は竜飛（たっぴ）である。まことに心細いくらいに狭い。これでは、中央の歴史に相手にされなかったのも無理はないと思われてくる。私は、その「道の奥」の奥の極点の宿で一夜を明かし、翌（あく）る日、やっぱりまだ船が出そうにもないので、前日歩いて来た道をまた歩いて三厩まで来て、三厩で昼食をとり、それからバスでまっすぐに蟹田のN君の家へ帰って来た。歩いてみると、しかし、津軽もそんなに小さくはない。その翌々日の昼頃、私は定期船でひとり蟹田を発（た）ち、青森の港に着いたのは午後の三時、それから奥羽線で川部（かわべ）まで行き、川部で五能線に乗りかえて五時頃五所川原に着き、それからすぐ津軽鉄道で津軽平野を北上し、私の生れた土地の金木町に着いた時には、もう薄暗くなっていた。蟹田と金木と相隔たること、四角形の一辺に過ぎないのだが、その間に梵珠（ぼんじゅ）山脈があって山中には路らしい路もないような有様らしいので、仕方なく四角形の他の三辺を大迂回（うかい）して行かなければならぬのである。金木の生家に着いて、まず仏間へ行き、嫂（あによめ）がついて来て仏間の扉をいっぱいに開いてくれて、私は仏壇の中の父母の写真をしばらく眺め、ていねいにお辞儀をした。それから、常居（じょい）という家族の居間にさがって、改めて嫂に挨拶（あいさつ）した。

「いつ、東京を？」と嫂は聞いた。

　私は東京を出発する数日前、こんど津軽地方を一周してみたいと思っていますが、ついでに金木にも立ち寄り、父母の墓参をさせていただきたいと思っていますから、その折にはよろしくお願いします、というような葉書を嫂に差し上げていたのである。

「一週間ほど前です。東海岸で、手間どってしまいました。蟹田のN君には、ずいぶんお世話になりました。」N君のことは、嫂も知っているはずだった。

「そう。こちらではまた、お葉書が来ても、なかなかご本人がお見えにならないので、どうしたのかと心配していました。陽子や光（みつ）ちゃんなどは、とても待って、毎日交代に停車場へ出張していたのですよ。おしまいには、怒って、もう来たって知らない、と言っていた人もありました。」

　陽子というのは長兄の長女で、半年ほど前に弘前の近くの地主の家へお嫁に行き、その新郎と一緒にちょいちょい金木へ遊びに来るらしく、その時も、お二人でやって来ていたのである。光ちゃんというのは、私たちのいちばん上の姉の末娘で、まだ嫁がず金木の家へいつも手伝いに来ている素直な子である。その二人の姪（めい）が、からみ合いながら、えへへ、なんておどけた笑い方をして出て来て、酒飲みのだらしない叔父（おじ）さんに挨拶した。陽子は女学生みたいで、まだ少しも奥さんらしくない。

「おかしい恰好。」と私の服装をすぐに笑った。

「ばか。これが、東京のはやりさ。」

嫂に手をひかれて、祖母も出て来た。八十八歳である。

「よく来た。ああ、よく来た。」と大声で言う。元気な人だったが、でも、さすがに少し弱ってきているようにも見えた。

「どうしますか。」と嫂は私に向かって、「ごはんは、ここで食べますか。二階に、みんないるんですけど。」

陽子のお婿さんを中心に、長兄や次兄が二階で飲みはじめている様子である。兄弟の間では、どの程度に礼儀を保ち、またどれくらい打ち解けて無遠慮にしたらいいものか、私にはまだよくわかっていない。

「お差し支えなかったら、二階へ行きましょうか。」ここでひとりで、ビールなど飲んでいるのも、いじけているみたいで、いやらしいことだと思った。

「どちらだって、かまいませんよ。」嫂は笑いながら、「それじゃ、二階へお膳を。」と光ちゃんたちに言いつけた。

私はジャンパー姿のままで二階に上がって行った。金襖のいちばんいい日本間で、兄たちは、ひっそりお酒を飲んでいた。私はどたばたとはいり、

「修治です。はじめて。」と言って、まずお婿さんに挨拶して、それから長兄と次兄

に、ごぶさたのお詫びをした。長兄も次兄も、あ、と言って、ちょっと首肯いたきりだった。わが家の流儀である。いや、津軽の流儀と言っていいかもしれない。私は慣れているので平気でお膳について、光ちゃんと嫂のお酌で、黙ってお酒を飲んでいた。お婿さんは、床柱をうしろにして坐って、もうだいぶお顔が赤くなっている。兄たちも、昔はお酒に強かったようだが、このごろは、めっきり弱くなったようで、さ、どうぞ、もうひとつ、いいえ、いけません、そちらさんこそ、どうぞ、などと上品にお互いゆずり合っている。外ヶ浜で荒っぽく飲んで来た私には、まるで竜宮か何か別天地のようで、兄たちと私の生活の雰囲気の差異に今更のごとく愕然とし、緊張した。

「蟹は、どうしましょう。あとで？」と嫂は小声で私に言った。私は蟹田の蟹を少しお土産に持って来たのだ。

「さあ。」蟹というものは、どうも野趣がありすぎて上品のお膳をいやしくする傾きがあるので私はちょっと躊躇した。嫂も同じ気持だったのかもしれない。

「蟹？」と長兄は聞きとがめて、「かまいませんよ。持って来なさい。ナプキンも一緒に。」

今夜は、長兄もお婿さんがいるせいか、機嫌がいいようだ。

蟹が出た。

「おあがり、なさいませんか。」と長兄はお婿さんにもすすめて、自身まっさきに蟹の甲羅をむいた。

　私はほっとした。

「失礼ですが、どなたです。」お婿さんは、無邪気そうな笑顔で私に言った。はっと思った。無理もないとすぐに思い直して、

「はあ、あのう、英治さん（次兄の名）の弟です。」と笑いながら答えたが、しょげてしまって、これあ、英治さんの名前を出してもいけなかったかしら、と卑屈に気を使って、次兄の顔色を伺ったが、次兄は知らん顔をしているので、取りつく島もなかった。ま、いいや、と私は膝を崩して、光ちゃんに、こんどはビールをお酌させた。

　金木の生家では、気疲れがする。また、私は後で、こうして書くからいけないのだ。肉親を書いて、そうしてその原稿を売らなければ生きて行けないという悪い宿業を背負っている男は、神様から、そのふるさとを取りあげられる。所詮、私は、東京のあばらやで仮寝して、生家のなつかしい夢を見て慕い、あちこちうろつき、そうして死ぬのかもしれない。

　翌る日は、雨であった。起きて二階の長兄の応接間へ行ってみたら、長兄はお婿さんに絵を見せていた。金屛風が二つあって、一つには山桜、一つには田園の山水とでもいった閑雅な風景が画かれている。私は落款を見た。が、読めなかった。

「誰です。」と顔を赤らめ、おどおどしながら聞いた。

「スイアン。」と兄は答えた。

「スイアン。」まだわからなかった。

「知らないのか。」兄は別に叱(しか)りもせず、おだやかにそう言って、「百穂(ひゃくすい)のお父さんです。」

「へえ?」百穂のお父さんもやっぱり画家だったということは聞いて知っていたが、そのお父さんが穂庵(すいあん)という人で、こんないい絵をかくとは知らなかった。私だって、絵はきらいではないし、いや、きらいどころか、かなり通(つう)のつもりでいたのだが、穂庵を知らなかったとは、大失態であった。屏風をひとめ見て、おや? 穂庵、と軽く言ったなら、長兄も少しは私を見直したかもしれなかったのに、間抜けた声で、誰です、は情ない。取り返しのつかぬことになってしまった、と身悶(みもだ)えしたが、兄は、そんな私を問題にせず、

「秋田には、偉い人がいます。」とお婿さんに向かって低く言った。

「津軽の綾足(あやたり)はどうでしょう。」名誉恢復(かいふく)と、それから、お世辞のつもりもあって、私は、おっかなびっくり出しゃばってみた。津軽の画家といえば、まあ、綾足くらいのものらしいが、実はこれも、この前に金木へ来たとき、兄の持っている綾足の画を見せてもらって、はじめて、津軽にもこんな偉い画家がいたということを知った次第なのである。

「あれは、また、べつのもので。」と兄は全く気乗りのしないような口調で呟いて、椅子に腰をおろした。私たちは皆、立って屏風の絵を眺めていたのだが、兄が坐ったので、お婿さんもそれと向かい合った椅子に腰をかけ、私は少し離れて、入口の傍のソファに腰をおろした。

「この人などは、まあ、これで、ほんすじでしょうから。」とやはりお婿さんのほうを向いて言った。兄は前から、私には、あまり直接話をしない。

そう言えば綾足のぼってりした重量感には、もう少しどうかするとゲテモノに落ちそうな不安もある。

「文化の伝統、といいますか、」兄は背中を丸めてお婿さんの顔を見つめ、「やっぱり、秋田には、根強いものがあると思います。」

「津軽は、だめか。」何を言っても、ぶざまな結果になるので、私はあきらめて、笑いながらひとりごとを言った。

「こんど、津軽のことを何か書くんだって？」兄は、突然、私に向かって話しかけた。

「ええ、でも、何も、津軽のことなんか知らないので、」と私はしどろもどろになり、

「何か、いい参考書でもないでしょうか。」

「さあ、」と兄は笑い、「わたしも、どうも、郷土史にはあまり興味がないので。」

「津軽名所案内といったような極く大衆的な本でもないでしょうか。まるで、もう、

何も知らないのですから。」

「ない、ない。」と兄は私のずぼらに呆れたように苦笑しながら首を振って、それから立ち上がってお婿さんに、

「それじゃあ、わたしは農会へちょっと行って来ますから、そこらにある本でも御覧になって、どうも、きょうはお天気がわるくて。」と言って出かけて行った。

「農会も、いま、いそがしいのでしょうね。」と私はお婿さんに尋ねた。

「ええ、いま、ちょうど米の供出割当の決定があるので、たいへんなのです。」とお婿さんは若くても、地主だから、その方面のことはよく知っている。いろいろこまかい数字を挙げて説明してくれたが、私には、半分もわからなかった。

「僕などは、いままで米のことなどむきになって考えたことはなかったようなものなのですが、でも、こんな時代になってくると、やはり汽車の窓から水田をそれこそ、わが事のように一喜一憂して眺めているのですね。ことしは、いつまでも、こんなにうすら寒くて、田植えもおくれるんじゃないでしょうか。」私は、れいによって専門家に向かい、半可通を振りまわした。

「大丈夫でしょう。このごろでは寒ければ寒いで、対策も考えておりますから、苗の発育も、まあ普通のようです。」

「そうですか。」と私は、もっともらしい顔をして首肯き、「僕の知識は、きのう汽車

の窓からこの津軽平野を眺めて得ただけのものなのですが、馬耕というんですか、あの馬に挽かせて田を打ちかえすあれを、牛に挽かせてやっているのがずいぶん多いようですね。僕たちの子供の頃には、馬耕に限らず、荷車を挽かせるのでも何でも、全部、馬で、牛を使役するということは、ほとんどなかったんですがね。僕なんか、はじめて東京へ行った時、牛が荷車を挽いているのを見て、奇怪に感じた程です。」

「そうでしょう。馬はめっきり少なくなりました。たいてい、軍でとられたのです。それから、牛は飼養するのに手数がかからないという関係もあるでしょうね。でも、仕事の能率の点では、牛は馬の半分、いや、もっともっと駄目かもしれません。」

「この地方に、これは偉い、としんから敬服出来るような、隠れた大人物がいないものでしょうか。」

「さあ、僕なんかには、よくわかりませんけど、篤農家などと言われている人の中に、ひょっとしたら、あるんじゃないでしょうか。」

「そうでしょうね。」私は大いに同感だった。「僕なんかも、理窟は下手だし、まあ篤文家とでもいったような痴の一念で生きて行きたいと思っているのですが、どうも、つまらぬ虚栄などもあって、常識的な、きざったらしいことになってしまって、ものになりません。しかも、篤農家も篤農家としてあまり大きいレッテルをはられると、だめになりはしませんか。」

「そう。そうです。新聞社などが無責任に矢鱈に騒ぎ立て、ひっぱり出して講演をさせたり何かするので、せっかくの篤農家も妙な男になってしまうのです。有名になってしまうと、駄目になります。」

「まったくですね。」私はそれにも同感だった。「男って、あわれなものですからね。名声には、もろいものです。ジャアナリズムなんて、いい加減なものですからね。毒薬ですよ。有名になったとたんに、たいてい腑抜けになっていますからね。」私は、へんなところで自分の一身上の鬱憤をはらした。こんな不平家は、しかし、そうは言っても、内心では有名になりたがっているというような傾向があるから、注意を要する。

ひるすぎ、私は傘さして、雨の庭をひとりで眺めて歩いた。一木一草も変わっていない感じであった。こうして、古い家をそのまま保持している兄の努力も並みたいていではなかろうと察した。池のほとりに立っていたら、チャボリと小さい音がした。見ると、蛙が飛び込んだのである。つまらない、あさはかな音である。とたんに私は、あの、芭蕉翁の古池の句を理解できた。私には、あの句がわからなかった。どこがいいのか、さっぱり見当もつかなかった。名物にはうまいものなし、と断じていたが、それは私の受けた教育が悪かったせいであった。あの古池の句に就いて、私たちは学校で、どんな説明を与えられていたか。森閑たる昼なお暗きところに蒼然たる古池があって、そこに、どぶうんと（大川へ身投げじゃあるまいし）蛙が飛び込み、ああ、余韻嫋々、一鳥啼きて山さらに静かなりとはこのことだ、と教えられていたのである。なんという、思わせぶりたっぷりの、月並な駄句であろう。いやみったらしくて、ぞくぞくするわい。鼻持ちならん、と永い間、私はこの句を敬遠していたのだが、いま、いや、そうじゃないと思い直した。どぶうんなんて説明するから、わからなくなってしまうのだ。余韻も何もない。ただの、チャボリだ。いわば世の中のほんの片隅の、実にまずしい音なのだ。貧弱な音なのだ。芭蕉はそれを聞き、わが身につまされるものがあったのだ。古池や蛙飛び込む水の音。そう思ってこの句を見直すと、わるくない。いい句だ。当時の檀林派のにやけたマンネリズムを見事に蹴飛ばしている。いわば破格の着想である。月も雪も花もない。風流もない。ただ、まずしいものの、まずしい命だけだ。当時の風流宗匠たちが、この句に愕然としたわけも、それでよくわかる。在来の風流の概念の破壊である。革新である。いい芸術家は、こうこなくっちゃ嘘だ、とひとりで興奮して、その夜、旅の手帖にこう書いた。

「山吹や蛙飛び込む水の音。其角、ものかは。なんにも知らない。われと来て遊べや親のない雀。すこし近い。でも、あけすけでいや味。古池や、無類なり。」

翌る日は、上天気だった。姪の陽子と、そのお婿さんと、私と、それからアヤが皆のお弁当を背負って、四人で、金木町から一里ほど東の高流と称する二百メートル足らずの、なだらかな小山に遊びに行った。アヤ、と言っても、女の名前ではない。じいや、という程の意味である。お父さん、という意味にも使われる。アヤに対するFemmeは、アパである。アバとも言う。どういうところから、これらの言葉が起ってきたのか、私には、わからない。オヤ、オバの訛りか、などと当てずっぽうしてみたってはじまらない。諸家の諸説があることであろう。高流という山の名前も、姪の説によると、高長根というのが正しい呼び方で、なだらかに裾のひろがっているさまが、さながら長根の感じとか何とかいうことであったが、これにもまた諸家の諸説があるのであろう。諸家の諸説が紛々として帰趨の定まらぬところに、郷土学の妙味がある様子である。姪とアヤは、お弁当や何かで手間取っているので、お婿さんと私とだけ、一足さきに家を出た。よい天気である。津軽の旅行は五、六月に限る。れいの「東遊記」にも、「昔より北地に遊ぶ人は皆夏ばかりなれば、草木も青み渡り、風も南風に変り、海づらものどかなれば、恐ろしき名にも立ざる事と覚ゆ。我北地に到りしは、九月より三月の頃なれば、途中にて旅人には絶えて逢ふ事なかりし。我旅行は医術修行の為なれば、格別の事なり。只名所をのみ探らんとの心にて行く人は必ず四月以後に行くべき国なり」としてあるが、旅行の達人の言として、読者もこれだけは信じて、覚えておくがよい。津軽では、梅、桃、桜、林檎、梨、すもも、一度にこの頃、花が咲くのである。自信ありげに、私が先に立って町はずれまで歩いて来たが、高流へ行く路がわからない。小学校の頃に二、三度行ったことがあるきりなのだから、忘れるのも無理はないと思ったが、しかし、その辺の様子が、幼い頃の記憶とまるで違っている。私は当惑して、

「停車場や何か出来て、この辺は、すっかり変わって、高流には、どう行けばいいのか、わからなくなりました。あの山なんですがね。」と私は、前方に見える、への字形に盛りあがった薄みどり色の丘陵を指差して言った。「この辺で、少しぶらぶらして、アヤたちを待つことにしましょう。」とお婿さんに笑いながら提案した。

「そうしましょう。」とお婿さんも笑いながら、「この辺に、青森県の修錬農場があるとか聞きましたけど。」私よりも、よく知っている。

「そうですか。捜してみましょう。」

修錬農場は、その路から半丁ほど右にはいった小高い丘の上にあった。農村中堅人物の養成のために設立せられたもののようであるが、この本州の北端の原野に、もったいないくらいの堂々たる設備である。秩父宮様が弘前の八師団に御勤務あそばされていらっしゃった折に、この農場にひとかたならず御助勢下されたとか、講堂もその御蔭で、地方稀に見る荘厳の建物になって、その他、作業場あり、家畜小屋あり、肥料蓄積所、寄宿舎、私は、ただ、眼を丸くして驚くばかりであった。

「へえ？　ちっとも、知らなかった。金木には過ぎたるものじゃないですか。」そう

言いながら私は、へんに嬉しくて仕方がなかった。やっぱり自分の生れた土地には、ひそかに、力こぶをいれているものらしい。

　農場の入口に、大きい石碑が立っていて、それには、昭和十年八月、朝香宮様の御成、同年九月、高松宮様の御成、同年十月、秩父宮様ならびに同妃宮様の御成、昭和十三年八月には秩父宮様ふたたび御成、という幾重もの光栄を謹んで記しているのである。金木町の人たちは、この農場を、もっともっと誇ってよい。金木だけではない、これは、津軽平野の永遠の誇りでもあろう。実習地とでもいうのか、津軽の各部落から選ばれた模範農村青年たちの作った畑や果樹園、水田などが、それらの建築物の背後に、実に美しく展開していた。お婿さんはあちこち歩いて耕地をつくづく眺め、

「たいしたものだなあ。」と溜息をついて言った。お婿さんは地主だから、私などよりも、ずいぶんいろいろ、わかるところがあるのであろう。

「や！　富士。いいなあ。」と私は叫んだ。富士ではなかった。津軽富士と呼ばれている一千六百二十五メートルの岩木山が、満目の水田の尽きるところに、ふわりと浮かんでいる。実際、軽く浮かんでいる感じなのである。したたるほど真っ蒼で、富士山よりもっと女らしく、十二単衣の裾を、銀杏の葉をさかさに立てたようにぱらりとひらいて左右の均斉も正しく、静かに青空に浮かんでいる。決して高い山ではないが、けれども、なかなか、透きとおるくらいに嬋娟たる美女ではある。

「金木も、どうも、わるくないじゃないか。」私は、あわてたような口調で言った。

「わるくないよ。」口をとがらせて言っている。

「いいですな。」お婿さんは落ちついて言った。

　私はこの旅行で、さまざまの方面からこの津軽富士を眺めたが、弘前から見るといかにも重くどっしりして、岩木山はやはり弘前のものかもしれないと思う一方、また津軽平野の金木、五所川原、木造あたりから眺めた岩木山の端正で華奢(きゃしゃ)な姿も忘れられなかった。西海岸から見た山容は、まるで駄目である。崩れてしまって、もはや美人の面影はない。岩木山の美しく見える土地には、米もよくみのり、美人も多いという伝説もあるそうだが、米のほうはともかく、この北津軽地方は、こんなにお山が綺(き)麗(れい)に見えながら、美人のほうは、どうも、心細いように、私には見受けられたが、これはあるいは私の観察の浅薄なせいかもしれない。

「アヤたちは、どうしたでしょうね。」ふっと私は、そのことが心配になりだした。

「どんどんさきに行ってしまったんじゃないかしら。」アヤたちのことを、つい忘却しているほど、私たちは、修錬農場の設備や風景に感心してしまっていたのである。私たちは、もとの路に引き返して、あちこち見廻していると、アヤが、思いがけない傍系の野路からひょっこり出て来て、わしたちは、いままであなたたちを手わけしてさがしていた、と笑いながら言う。アヤは、この辺の野原を捜し廻り、姪は、高流へ行

く路をまっすぐにどんどん後を追っかけるようにして行ったという。

「そいつあ気の毒だったな。陽ちゃんは、それじゃあ、ずいぶん遠くまで行ってしまったろうね。おうい。」と前方に向かって大声で呼んだが、何の返辞もない。

「まいりましょう。」とアヤは背中の荷物をゆすり上げて、「どうせ、一本道ですから。」

空には雲雀がせわしく囀っている。こうして、故郷の春の野路を歩くのも、二十年振りくらいであろうか。一面の芝生で、ところどころに低い灌木の繁みがあったり、小さい沼があったり、土地の起伏もゆるやかで、一昔前だったら、都会の人たちは、絶好のゴルフ場とでも言ってほめたであろう。しかも、見よ、いまはこの原野にも着々と開墾の鍬が入れられ、人家の屋根も美しく光り、あれが更生部落、あれが隣村の分村、とアヤの説明を聞きながら、金木も発展して、賑やかになったものだと、しみじみ思った。そろそろ、山の登り坂にさしかかっても、まだ姪の姿が見えない。

「どうしたのでしょうね。」私は、母親ゆずりの苦労性である。

「いやあ、どこかにいるでしょう。」新郎は、てれながらも余裕を見せた。

「とにかく、聞いてみましょう。」私は路傍の畑で働いているお百姓さんに、スフの帽子をとってお辞儀をして、「この路を、洋服を着た若いアネサマがとおりませんでしたか。」と尋ねた。とおった、という答えである。何だか、走るように、ひどくいそいでとおったという。春の野路を、走るようにいそいで新郎の後を追って行く姪の姿を想像して、わるくないと思った。しばらく山を登って行くと、並木の落葉松の蔭に姪が笑いながら立っていた。ここまで追っかけて来てもいないから、あとから来るのだろうと思って、ここでワラビを取っていたという。別に疲れた様子も見えない。この辺は、ワラビ、ウド、アザミ、タケノコなど山菜の宝庫らしい、秋には、初茸、土かぶり、なめこなどのキノコ類が、アヤの形容によれば「敷かさっているほど」いっぱい生えて、五所川原、木造あたりの遠方から取りに来る人もあるという。

「陽ちゃまは、きのこ取りの名人です。」と言い添えた。

鶯（うぐいす）が鳴いている。スミレ、タンポポ、野菊、ツツジ、白ウツギ、アケビ、野バラ、それから私の知らない花が、山路の両側の芝生に明るく咲いている。背の低い柳、カシワも新芽を出して、そうして山を登って行くにつれて、笹（ささ）がたいへん多くなった。二百メートルにも足りない小山であるが、見晴しはなかなかよい。津軽平野全部、隅から隅まで見渡すことが出来ると言いたいくらいのものであった。私たちは立ちどまって、平野を見下ろし、アヤから説明を聞いて、また少し歩いて立ちどまり、津軽富士を眺めてほめて、いつのまにやら、小山の頂上に到達した。

「これが頂上か。」私はちょっと気抜けして、アヤに尋ねた。

「はい、そうです。」

「なあんだ。」とは言ったものの、眼前に展開している春の津軽平野の風景には、うっとりしてしまった。岩木川が細い銀線みたいに、キラキラ光って見える。その銀線の尽きるあたりに、古代の鏡のように鈍く光って見えるのは、田光沼（たっぴ）であろうか。さらにその遠方に模糊（もこ）と煙るが如く白くひろがっているのは、十三湖らしい。十三湖あるいは十三潟（がた）と呼ばれて、「津軽大小の河水、凡（およ）そ十有三の派流、この地に落合ひて大湖となる。しかも各河川固有の色を失はず」と「十三往来」に記され、津軽平野北端の湖で、岩木川をはじめ津軽平野を流れる大小十三の河川がここに集まり、周囲は約八里、しかし、河川の運び来る土砂のために、湖底は浅く、最も深いところでも三メートルくらいのものだという。水は、海水の流入によって鹹水であるが、岩木川からそそぎ這入る河水も少なくないので、その河口のあたりは淡水で、魚類も淡水魚と鹹水魚と両方宿り住んでいるという。湖が日本海に開いている南口に、十三という小さい部落がある。この辺は、いまから七、八百年も前からひらけて、津軽の豪族、安東氏の本拠であったという説もあり、また江戸時代には、その北方の小泊港と共に、津軽の木材、米穀を積み出し、殷盛を極めたとかいう話であるが、いまはその一片の面影もないようである。その十三湖の北に権現崎が見える。

　私たちは眼を転じて、前方の岩木川のさらに遠方の青くさっと引かれた爽やかな一線を眺めよう。日本海である。七里長浜、一眸の内である。北は権現崎より、南は大戸瀬崎まで、眼界を遮る何物もない。

「これはいい。僕だったら、ここへお城を築いて、」と言いかけたら、

「冬はどうします？」と陽子につっ込まれて、ぐっとつまった。

「これで、雪が降らなければなあ。」と私は、幽かな憂鬱を感じて歎息した。

　山の陰の谷川に降りて、河原で弁当をひらいた。渓流にひやしたビールは、わるくなかった。姪とアヤは、リンゴ液を飲んだ。そのうちに、ふと私は見つけた。

「蛇！」

　お婿さんは脱ぎ捨てた上衣をかかえて腰をうかした。

「大丈夫、大丈夫。」と私は谷川の対岸の岩壁を指差して言った。「あの岩壁に這い上がろうとしているのです。」奔湍から首をぬっと出して、見る見る一尺ばかり岩壁によじ登りかけては、はらりと落ちる。また、するすると登りかけては、落ちる。執念深く二十回ほどそれを試みて、さすがに疲れてあきらめたか、流れに押し流されるようにして長々と水面にからだを浮かせたままこちらの岸に近づいて来た。アヤは、この時、立ち上がった。一間ばかりの木の枝を持ち、黙って走って行って、ざんぶと渓流に突入し、ずぶりとやった。私たちは眼をそむけ、

「死んだか、死んだか。」私は、あわれな声を出した。

「片附けました。」アヤは、木の枝も一緒に渓流にほうり投げた。

「まむしじゃないか。」私は、それでも、まだ恐怖していた。

「まむしなら、生け捕りにしますが、いまのは、青大将でした。まむしの生胆は薬になります。」

「まむしも、この山にいるのかね。」

「はい。」

私は、浮かぬ気持で、ビールを飲んだ。

アヤは、誰よりも早くごはんをすまして、それから大きい丸太を引きずって来て、それを渓流に投げ入れ、足がかりにして、ひょいと対岸に飛び移った。そうして、対

岸の山の絶壁によじ登り、ウドやアザミなど、山菜を取り集めている様子である。

「あぶないなあ。わざわざ、あんな危いところへ行かなくったって、他のところにもたくさん生えているのに。」私は、はらはらしながらアヤの冒険を批評した。「あれはきっと、アヤは興奮して、わざとあんな危いところへ行き、僕たちにアヤの勇敢なところを大いに見せびらかそうという魂胆に違いない。」

「そうよ、そうよ。」と姪も大笑いしながら、賛成した。

「アヤあ！」と私は大声で呼びかけた。「もう、いい。あぶないから、もう、いい。」

「はい。」とアヤは答えて、するすると崖から降りた。私は、ほっとした。

帰りは、アヤの取り集めた山菜を、陽子が背負った。この姪は、もとから、なりも振りも、あまりかまわない子であった。帰途は、外ヶ浜における「いまだ老いざる健脚家」も、さすがに疲れて、めっきり無口になってしまった。山から降りたら、郭公が鳴いている。町はずれの製材所には、材木がおびただしく積まれていて、トロッコがたえず右往左往している。ゆたかな里の風景である。

「金木も、しかし、活気を呈してきました。」と、私はぽつんと言った。

「そうですか。」お婿さんも、少し疲れたらしい。もの憂そうに、そう言った。

私は急にてれて、

「いやあ、僕なんかには、何もわかりゃしませんけど、でも、十年前の金木は、こうじゃなかったような気がします。だんだん、さびれて行くばかりの町のように見えました。いまのようじゃなかった。いまは何か、もりかえしたような感じがします。」

　家へ帰って兄に、金木の景色もなかなかいい、思いをあらたにしました、と言ったら、兄は、としをとると自分の生れて育った土地の景色が、京都よりも奈良よりも、佳くはないか、と思われてくるものです、と答えた。

　翌る日は前日の一行に、兄夫婦も加わって、金木の東南方一里半くらいの、鹿の子川溜池というところへ出かけた。出発間際に、兄のところへお客さんが見えたので、私たちだけ一足さきに出かけた。嫂は、モンペに白足袋に草履といういでたちであった。二里ちかくも遠くへ出歩くなどは、嫂にとって、金木へお嫁に来てはじめてのことかもしれない。その日も上天気で、前日よりさらに暖かかった。私たちは、アヤに案内されて金木川に沿うて森林鉄道の軌道をてくてく歩いた。軌道の枕木の間隔が、一歩には狭く、半歩には広く、ひどく意地悪く出来ていて、甚だ歩きにくかった。私は疲れて、早くも無口になり、汗ばかり拭いていた。お天気がよすぎると、旅人はぐったりとなって、かえって意気があがらぬもののようである。

「この辺が、大水の跡です。」アヤは、立ちどまって説明した。川の附近の田畑数町歩一面に、激戦地の跡もかくやと思わせるほど、巨大の根株や、丸太が散乱している。その前のとし、私の家の八十八歳の祖母も、とんと経験がない、と言っているほどの大洪水がこの金木町を襲ったのである。

「この木が、みんな山から流されて来たのです。」と言って、アヤは悲しそうな顔をした。

「ひどいなあ。」私は汗を拭きながら、「まるで、海のようだったろうね。」

「海のようでした。」

金木川にわかれて、こんどは鹿の子川に沿うてしばらくのぼり、やっと森林鉄道の軌道から解放されて、ちょっと右へはいったところに、周囲半里以上もあるかと思われる大きい溜池が、それこそ一鳥啼(な)いて更に静かな面持ちで、蒼々(そうそう)満々と水を湛(たた)えている。この辺は、荘右衛門沢という深い谷間だったそうであるが、谷間の底の鹿の子川をせきとめて、この大きい溜池を作ったのは昭和十六年、つい最近のことである。溜池のほとりの大きい石碑には、兄の名前も彫り込まれていた。溜池の周囲に工事の跡の絶壁の赤土が、まだ生生しく露出しているので、いわゆる天然の荘厳を欠いてはいるが、しかし、金木という一部落の力が感ぜられ、このような人為の成果というものも、また、快適な風景とせざるを得ない、などと、おっちょこちょいの旅の批評家は、立ちどまって煙草をふかし、四方八方を眺めながら、いい加減の感想をまとめていた。私は自信ありげに、一同を引率し、溜池のほとりを歩いて、

「ここがいい。この辺がいい。」と言って池の岬の木蔭に腰をおろした。「アヤ、ちょ

っと調べてくれ。これは、ウルシの木じゃないだろうな。」ウルシにかぶれては、私はこのさき旅をつづけるのに、憂鬱でたまらないだろう。ウルシの木ではないと言う。「じゃあ、その木は。なんだか、あやしい木だ。調べてくれ。」みんなは笑っていたが、私は真面目であった。それも、ウルシの木ではないと言う。私は全く安心して、この場所で弁当をひらくことにきめた。ビールを飲みながら、私はいい機嫌で少しおしゃべりをした。私は小学校二、三年のとき、遠足で金木から三里半ばかり離れた西海岸の高山というところへ行って、はじめて海を見たときの興奮を話した。そのときには引率の先生がまっさきに興奮して、私たちを海に向けて二列横隊にならばせ、「われは海の子」という唱歌を合唱させたが、生れてはじめて海を見たくせに、われは海の子白浪の騒ぐ磯辺の松原に、とかいう海岸生れの子供の歌をうたうのは、いかにも不自然で、私は子供心にも恥ずかしく落ちつかない気持であった。そうして、私はその遠足のときには、奇妙に服装に凝って、鍔のひろい麦藁帽に兄が富士登山のときに使った神社の焼き印の綺麗に幾つも押されてある白木の杖、先生から出来るだけ身軽にして草鞋、と言われたのに私だけ不要の袴を着け、長い靴下に編上げの靴をはいて、なよなよと媚を含んで出かけたのだが、一里も歩かぬうちに、もうへたばって、まず袴と靴をぬがせられ、草履、といっても片方は赤い緒の草履、片方は藁の緒の草履という、片ちんばの、すり切れたみじめな草履をあてがわれ、やがて帽子も取り上げられ、杖もおあずけ、とうとう病人用として学校で傭って行った荷車に載せられ、家へ帰ったときの恰好ったら、出て行くときの輝かしさの片影もなく、靴を片手にぶらさげ、杖にすがり、などと私は調子づいて話して皆を笑わせていると、

「おうい。」と呼ぶ声。兄だ。

「おうい。」と私たちも口々に呼んだ。アヤは走って迎えに行った。やがて、兄は、ピッケルをさげて現われた。私はありったけのビールをみな飲んでしまっていたので、甚だ具合がわるかった。兄は、すぐにごはんを食べ、それから皆で、溜池の奥の方へ歩いて行った。バサッと大きい音がして、水鳥が池から飛び立った。私とお婿さんとは顔を見合わせ、意味もなく、うなずき合った。雁だか鴨だか、口に出して言えるほどには、お互い自信がなかったようなふうなのだ。とにかく、野生の水鳥には違いなかった。深山幽谷の精気が、ふっと感ぜられた。兄は、背中を丸くして黙って歩いている。兄とこうして、一緒に外を歩くのも何年振りであろうか。十年ほど前、東京の郊外のある野道を、兄はやはりこのように背中を丸くして黙って歩いて、それから数歩はなれて私は兄のそのうしろ姿を眺めては、ひとりでめそめそ泣きながら歩いたことがあったけれど、あれ以来はじめてのことかもしれない。私は兄から、あの事件に就いてまだ許されているとは思わない。一生、だめかもしれない。ひびのはいった茶碗は、どう仕様もない。どうしたって、もとのとおりにはならない。津軽人は特に、

心のひびを忘れない種族である。この後、もう、これっきりで、ふたたび兄と一緒に外を歩く機会は、ないのかもしれないと思った。水の落ちる音が、次第に高く聞こえてきた。溜池の端に、鹿の子滝という、この地方の名所がある。ほどなく、その五丈ばかりの細い滝が、私たちの脚下に見えた。つまり私たちは、荘右衛門沢の縁(へり)に沿うた幅一尺くらいの心細い小路を歩いているのであって、右手はすぐ屏風(びょうぶ)を立てたような山、左手は足もとから断崖(だんがい)になっていて、その谷底に滝壺(たきつぼ)がいかにも深そうな青い色でとぐろを巻いているのである。

「これは、どうも、目まいの気味です。」と嫂は、冗談めかして言って、陽子の手にすがりついて、おっかなそうに歩いている。

右手の山腹には、ツツジが美しく咲いている。兄はピッケルを肩にかついで、ツツジの見事に咲き誇っている箇所に来るたんびに、少し歩調をゆるめる。藤の花も、そろそろ咲きかけている。路は次第に下り坂になって、私たちは滝口に降りた。一間(けん)ほどの幅の小さい谷川で、流れのまんなかあたりに、木の根株が置かれてあり、それを足がかりにして、ひょいひょいと二歩で飛び越せるようになっている。ひとりひとり、ひょいひょいと飛び越した。嫂が、ひとり残った。

「だめです。」と言って笑うばかりで飛び越そうとしない。足がすくんで、前に出ない様子である。

「おぶってやりなさい。」と兄は、アヤに言いつけた。アヤが傍へ寄っても、嫂は、ただ笑って、だめだめと手を振るばかりだ。この時、アヤは怪力を発揮し、巨大の根っこを抱きかかえて来て、ざんぶとばかりに滝口に投じた。まあ、どうやら、橋が出来た。嫂は、ちょっと渡りかけたが、やはり足が前にすすまないらしい。アヤの肩に手を置いて、やっと半分くらい渡りかけて、あとは川も浅いので、即席の橋から川へ飛び降りて、じゃぶじゃぶと水の中を歩いて渡ってしまった。モンペの裾も白足袋も草履も、びしょ濡れになった様子である。

「まるで、もう、高山帰りの姿です。」嫂は、私のさっきの高山へ遠足してみじめな姿で帰った話をふと思い出したらしく、笑いながらそう言って、陽子もお婿さんも、どっと笑ったら、兄は振りかえって、

「え？　何？」と聞いた。みんな笑うのをやめた。兄がへんな顔をしているので、説明してあげようかな、とも思ったが、あまり馬鹿馬鹿しい話なので、あらたまって「高山帰り」の由来を説き起こす勇気は私にはなかった。兄は黙って歩き出した。兄は、いつでも孤独である。

五　西海岸

前にも幾度となく述べてきたが、私は津軽に生れ、津軽に育ちながら、今日まで、ほとんど津軽の土地を知っていなかった。津軽の日本海方面の西海岸には、それこそ小学校二、三年の頃の「高山行き」以外、いちども行ったことがない。高山というのは、金木からまっすぐ西に三里半ばかり行き車力(しゃりき)という人口五千くらいのかなり大きい村をすぎて、すぐ到達できる海浜の小山で、そこのお稲荷(いなり)さんは有名なものだそうであるが、何せ少年の頃の記憶であるから、あの服装の失敗だけが色濃く胸中に残っているくらいのもので、あとはすべて、とりとめもなくぼんやりしてしまっている。この機会に、津軽の西海岸を廻ってみようという計画も前から私にあったのである。鹿の子川溜池へ遊びに行ったその翌日、私は金木を出発して五所川原に着いたのは、午前十一時頃、五所川原駅で五能線に乗りかえ、十分経つか経たぬかのうちに、木造(きづくり)駅に着いた。ここは、まだ津軽平野の内である。私は、この町もちょっと見ておきたいと思っていたのだ。降りて見ると、古びた閑散な町である。人口四千余りで、金木町より少ないようだが、町の歴史は古いらしい。精米所の機械の音が、どっどっと、だるげに聞こえてくる。どこかの軒下で、鳩が鳴いている。ここは、私の父が生れた土地なのである。金木の私の家では代々、女ばかりで、たいてい婿養子を迎えている。父はこの町のMという旧家の三男かであったのを、私の家から迎えられて何代目かの当主になったのである。この父は、私の十四のときに死んだのであるから、私はこの父の「人間」に就いては、ほとんど知らないと言わざるを得ない。また自作の「思い出」の中の一節を借りるが、「私の父は非常に忙しい人で、うちにいることがあまりなかった。うちにいても子供らと一緒には居らなかった。私は此の父を恐れていた。父の万年筆をほしがっていながらそれを言い出せないで、ひとり色々と思い悩んだ末、ある晩に床の中で眼をつぶったまま寝言のふりして、まんねんひつ、まんねんひつ、と隣部屋で客と対談中の父へ低く呼びかけたことがあったけれど、勿論それは父の耳にも心にもはいらなかったらしい。私と弟とが米俵のぎっしり積まれたひろい米蔵に入って面白く遊んでいると、父が入口に立ちはだかって、坊主、出ろ、出ろ、と叱った。光を背から受けているので父の大きい姿がまっくろに見えた。私は、あのときの恐怖を惟うと今でも、いやな気がする。（中略）その翌春、雪のまだ深く積っていた頃、私の父は東京の病院で血を吐いて死んだ。ちかくの新聞社は父の訃を号外で報じた。私は父の死よりも、こういうセンセイションの方に興奮を感じた。遺族の名にまじって私の名も新聞に出ていた。父の死骸は大きい寝棺に横たわり橇に乗って故郷へ帰って来た。私は大勢のまちの人たちと一緒に隣村近くまで迎えに行った。やがて森の蔭から幾台となく続いた橇の幌が月光を受けつつ滑って出て来たのを眺めて私は美しいと思った。つぎの日、私のうちの人たちは父の寝棺の置かれてある仏間に集まった。棺の蓋が取りはらわれるとみんな声をたてて泣いた。父は眠っているようであった。高い鼻筋がすっと青白くなっていた。私は皆の泣き声を聞き、さそわれて涙を流した。」まあ、だいたいこんなことだけが父に関する記憶と言っていいくらいのもので、父が死んでからは、私は現在の長兄に対して父と同様のおっかなさを感じ、またそれゆえ安心して寄りかかってもいたし、父がいないから淋しいなどと思ったことはいちどもなかったのである。しかし、だんだんとしを取るにつれて、いったい父は、どんな性格の男だったのだろう、などと無礼な忖度をしてみるようになって、東京の草屋における私の仮寝の夢にも、父があらわれ、実は死んだのではなくて或る政治上の意味で姿をかくしていたのだということがわかり、思い出の父の面影よりは少し老い疲れていて、私はその姿をひどくなつかしく思ったり、夢の話はつまらないが、とにかく、父に対する関心は最近非常に強くなってきたのは事実である。父の兄弟は皆、肺がわるくて、父も肺結核ではないが、やはり何か呼吸器の障りで吐血などして死んだのである。五十三で死んで、私は子供心には、そのとしがたいへんな老齢のように感ぜられ、まず大往生と思っていたのだが、いまは五十三の死歿を頽齢の大往生どころか、ひどい若死にと考えるようになった。も少し父を生かしておいたら、津軽のためにも、もっともっと偉い事業をしたのかもしれん、などと生意気なことなど考えている。その父が、どんな家に生れて、どんな町に育ったか、私はそれを一度見ておきたいと思っていたのだ。木造の町は、一本路の両側に家が立ち並んでいるだけだ。そうして、家々の背後には、見事に打ち返された水田が展開している。水田のところどころにポプラの並木が立っている。こんど津軽へ来て、私は、ここではじめてポプラを見た。他でもたくさん見たに違いないのであるが、木造のポプラほど、あざやかに記憶に残ってはいない。薄みどり色のポプラの若葉が可憐に微風にそよいでいた。ここから見た津軽富士も、金木から見た姿と少しも違わず、華奢ですこぶる美人である。このように山容が美しく見えるところからは、お米と美人が産出するという伝説があるとか。この地方は、お米はたしかに豊富らしいが、もう一方の、美人の件は、どうであろう。これも、金木地方と同様にちょっと心細いのではあるまいか。その件に関してだけは、あの伝説は、むしろ逆じゃないかとさえ私には疑われた。岩木山の美しく見える土地には、いやもう言うまい。こんな話は、えてして差しさわりの多いものだから、ただ町を一巡しただけの、ひやかしの旅人のにわかに断定を下すべき筋合いのものではないかもしれない。その日も、ひどくいい天気で、停車場からただまっすぐの一本街のコンクリート路の上には薄い春霞のようなものが、もやもや煙っていて、ゴム底の靴で猫のように足音もなくのこのこ歩いているうちに春の温気にあてられ、何だか頭がぼんやりしてきて、木造警察署の看板を木造警察署と読んで、なるほど木造の建築物、と首肯き、はっと気附いて苦笑したりなどした。

木造は、また、コモヒの町である。コモヒというのは、むかし銀座で午後の日差しが強くなれば、各商店がこぞって店先に日よけの天幕を張ったろう、そうして、読者諸君は、その天幕の下を涼しそうな顔をして歩いたろう、そうして、これはまるで即席の長い廊下みたいだと思ったろう、つまり、あの長い廊下を、天幕なんかでなく、家々の軒を一間ほど前に延長させて頑丈に永久的に作ってあるのが、北国のコモヒだと思えば、たいして間違いはない。しかもこれは、日ざしをよけるために作ったのではない。そんな、しゃれたものではない。冬、雪が深く積ったときに、家と家との聯絡に便利なように、おのおのの軒をくっつけ、長い廊下を作っておくのである。吹雪のときなどには、風雪にさらされる恐れもなく、気楽に買い物に出掛けられるので、最も重宝だし、子供の遊び場としても東京の歩道のような危険はなし、雨の日もこの長い廊下は通行人にとって大助かりだろうし、また、私のように、春の温気にまいった旅人も、ここへ飛び込むと、ひやりと涼しく、店に坐っている人たちからじろじろ見られるのは少し閉口だが、まあ、とにかく有難い廊下である。コモヒというのは、小店の訛りであると一般に信じられているようだが、私は、隠瀬あるいは隠日とでもいう漢字をあてはめたほうが、早わかりではなかろうか、などと考えてひとりで悦にいっている次第である。そのコモヒを歩いていたら、M薬品問屋の前に来た。私の父の生れた家だ。立ち寄らず、そのままとおり過ぎて、やはりコモヒをまっすぐに歩いて行きながら、どうしようかなあ、と考えた。この町のコモヒは、実に長い。津軽の古い町には、たいていこのコモヒというものがあるらしいけれども、この木造町みたいに、町全部がコモヒによって貫通せられているといったようなところは少ないのではあるまいか。いよいよ木造は、コモヒの町にきまった。しばらく歩いて、ようやくコモヒも尽きたところで私は廻れ右して、溜息ついて引き返した。私は今まで、Mの家に行ったことは、いちどもない。木造町へ来たこともない。あるいは私の幼年時代に、誰かに連れられて遊びに来たことはあったかもしれないが、いまの私の記憶には何も残っていない。Mの家の当主は、私よりも四つ五つ年上の、にぎやかな人で、昔からちょいちょい金木へも遊びに来て私とは顔馴染である。私がいま、たずねて行っても、まさか、いやな顔はなさるまいが、どうも、しかし、私の訪ね方が唐突である。こんな薄汚いなりをして、Mさんしばらく、などと何の用もないのに卑屈に笑って声をかけたら、Mさんはぎょっとして、こいつ、いよいよ東京を食いつめて、金でも借りに来たんじゃないか、などと思やすまいか。死ぬまえにいちど、父の生れた家を見たくて、というのも、おそろしいくらいに気障だ。男が、いいとしをして、そんなことはとても言えたもんじゃない。いっそこのまま帰ろうか、などと悶えて歩いているうちに、またもとのM薬品問屋の前に来た。もう二度と、来る機会はないのだ。恥をかいてもかまわない。はいろう。私は、とっさに覚悟をきめて、ごめん下さい、と店の奥のほうに声をかけた。Mさんが出て来て、やあ、ほう、これは、さあさあ、とたいへんな勢いで私には何も言わせず、引っぱり上げるように座敷へ上げて、床の間の前に無理矢理坐らせてしまった。ああ、これ、お酒、とお家の人たちに言いつけて、二、三分も経たぬうちに、もうお酒が出た。実に、素早かった。

「久し振り。久し振り。」とMさんはご自分でもぐいぐい飲んで、「木造は何年振りくらいです。」

「さあ。もし子供のときに来たことがあるとすれば、三十年振りくらいでしょう。」

「そうだろうとも、そうだろうとも。さあさ、飲みなさい。木造へ来て遠慮することはない。よく来た。実に、よく来た。」

　この家の間取りは、金木の家の間取りとたいへん似ている。金木のいまの家は、私の父が金木へ養子に来て間もなく自身の設計で大改築したものだという話を聞いているが、何のことはない、父は金木へ来て自分の木造の生家と同じ間取りに作り直しただけのことなのだ。私には養子の父の心理が何かわかるような気がして、微笑ましかった。そう思って見ると、お庭の木石の配置なども、どこやら似ている。私はそんなつまらぬ一事を発見しただけでも、死んだ父の「人間」に触れたような気がして、このMさんのお家へ立ち寄った甲斐があったと思った。Mさんは、何かと私をもてなそうとする。

「いや、もういいんだ。一時の汽車で、深浦へ行かなければいけないのです。」

「深浦へ？　何しに？」

「べつに、どうってわけもないけど、いちど見ておきたいのです。」

「書くのか？」

「ええ、それもあるんだけど、」いつ死ぬかわからんし、などと相手に興覚めさせるようなことは言えなかった。

「じゃあ、木造のことも書くんだな。木造のことを書くんだったらね、」とMさんは、少しもこだわるところがなく、「まず第一に、米の供出高を書いてもらいたいね。警察署管内の比較では、この木造署管内は、全国一だ。どうです、日本一ですよ。これは、僕たちの努力の結晶と言っても差し支えないと思う。この辺一帯の田の、水が枯れたときに、僕は隣村へ水をもらいに行って、ついに大成功して、大トラ変じて水虎大明神ということになったのです。僕たちも、地主だからって、遊んではいられない。僕は脊髄(せきずい)がわるいんだけど、でも田の草取りをしましたよ。まあ、こんどは東京のあんたたちにも、おいしいごはんがどっさり配給されるでしょう。」たのもしい限りである。Mさんは、小さい頃から、闊達(かったつ)な気性のひとであった。子供っぽいくりくりした丸い眼に魅力があって、この地方の人たち皆に敬愛せられているようだ。私は、心の中でMさんの仕合わせを祈り、なおも引きとめられるのを汗を流して辞去し、午後一時の深浦行きの汽車にやっと間に合うことが出来た。

木造から、五能線によって約三十分くらいで鳴沢、鰺ヶ沢を過ぎ、その辺で津軽平野もおしまいになって、それから列車は日本海岸に沿うて走り、右に海を眺め左にすぐ出羽丘陵北端の余波の山々を見ながら一時間ほど経つと、右の窓に大戸瀬の奇勝が展開する。この辺の岩石は、すべて角稜質凝灰岩とかいうものだそうで、その海蝕を受けて平坦になった斑緑色の岩盤が江戸時代の末期にお化けみたいに海上に露出して、数百人の宴会を海浜において催すことが出来るほどのお座敷になったので、これを千畳敷と名づけ、またその岩盤のところどころが丸く窪んで海水を湛え、あたかもお酒をなみなみと注いだ大盃みたいな形なので、これを盃沼と称するのだそうだけれど、直径一尺から二尺くらいのたくさんの大穴をことごとく盃と見たてるなど、よっぽどの大酒飲みが名づけたものに違いない。この辺の海岸には奇岩削立し、怒濤にその脚を絶えず洗われている、と、まあ名所案内記ふうに書けば、そうもなるのだろうが、外ヶ浜北端の海浜のような異様な物凄さはなく、いわば全国到るところにある普通の「風景」になってしまっていて、津軽独得の佶屈とでもいうような他国の者にとって特に難解の雰囲気はない。つまり、ひらけているのである。人の眼に、舐められて、明るく馴れてしまっているのである。れいの竹内運平氏は、「青森県通史」において、この辺以南は、昔からの津軽領ではなく、秋田領であったのを、慶長八年に隣藩佐竹氏と談合の上、これを津軽領に編入したというような記録もあると言っている。私などただ旅の風来坊の無責任な直感だけで言うのだが、やはり、もうこの辺から、何だか、津軽ではないような気がするのである。津軽の不幸な宿命は、ここにはない。あの、津軽特有の「要領の悪さ」は、もはやこの辺にはない。山水を眺めただけでも、わかるような気がする。すべて、充分に聡明である。いわゆる、文化的である。ばかな傲慢な心は持っていない。大戸瀬から約四十分で、深浦へ着くのだが、この港町も、千葉の海岸あたりの漁村によく見受けられるような、決して出しゃばろうとせぬつつましい温和な表情、悪く言えばお利巧なちゃっかりした表情をして、旅人を無言で送迎している。つまり、旅人に対しては全く無関心のふりを示しているのである。私は、深浦のこのような雰囲気を深浦の欠点として挙げて言っているのでは決してない。そんな表情でもしなければ、人はこの世に生きて行き切れないのではないかとも思っている。これは、成長してしまった大人の表情なのかもしれない。何やら自信が、奥底深く沈潜している。津軽の北部に見受けられるような、子供っぽい悪あがきはない。津軽の北部は、生煮えの野菜みたいだが、ここはもう透明に煮え切っている。ああ、そうだ。こうして較べてみるとよくわかる。津軽の奥の人たちには、本当のところは、歴史の自信というものがないのだ。まるっきりないのだ。だから、矢鱈に肩をいからして、「かれは賤しきものなるぞ」などと人の悪口ばかり言って、傲慢な姿勢を執らざるを得なくなるのだ。あれが、津軽人の反骨となり、剛情となり、佶屈となり、そうして悲しい孤独の宿命を形成するということになったのかもしれない。津軽の人よ、顔を挙げて笑えよ。ルネッサンス直前の鬱勃たる擡頭力をこの地に認めると断言してはばからぬ人さえあったではないか。日本の文華が小さく完成して行きづまっているとき、この津軽地方の大きい未完成が、どれだけ日本の希望になっているか、一夜しずかに考えて、などというとすぐ、それそれそんなに不自然に肩を張る。人からおだてられて得た自信なんてなんにもならない。知らん振りして、信じて、しばらく努力を続けて行こうではないか。

深浦町は、現在人口五千くらい、旧津軽領の西海岸の南端の港である。江戸時代、青森、鰺ヶ沢、十三などと共に四浦の町奉行の置かれたところで、津軽藩の最も重要な港の一つであった。丘間に一小湾をなし、水深く波穏やか、吾妻浜の奇巌、弁天島、行合岬など一とおり海岸の名勝がそろっている。しずかな町だ。漁師の家の庭には、大きな立派な潜水服が、さかさに吊されて干されている。何かあきらめた、底落ちつきに落ちついている感じがする。駅からまっすぐに一本路をとおって、町のはずれに、円覚寺の仁王門がある。この寺の薬師堂は、国宝に指定せられているという。私は、それにおまいりして、もうこれで、この深浦から引き上げようかと思った。完成されている町は、また旅人に、わびしい感じを与えるものだ。私は海浜に降りて、岩に腰をかけ、どうしようかと大いに迷った。まだ日は高い。東京の草屋の子供のことなど、ふと思った。なるべく思い出さないようにしているのだが、心の空虚の隙をねらって、ひょいと子供の面影が胸に飛び込む。私は立ち上がって町の郵便局へ行き、葉書を一枚買って、東京の留守宅へ短いたよりを認めた。子供は百日咳をやっているのである。そうして、その母は、二番目の子供を近く生むのである。たまらない気持がして私は行きあたりばったりの宿屋へ這入り、汚い部屋に案内され、ゲートルを解きながら、お酒を、と言った。すぐにお膳とお酒が出た。意外なほど早かった。私はその早さに、少し救われた。部屋は汚いが、お膳の上には鯛と鮑の二種類の材料でいろいろに料理されたものが豊富に載せられてある。鯛と鮑がこの港の特産物のようである。お酒を二本飲んだが、まだ寝るには早い。津軽へやってきて以来、人のごちそうにばかりなっていたが、きょうはひとつ、自力で、うんとお酒を飲んでみようかしら、とつまらぬ考えを起こし、さっきお膳を持って来た十二、三歳の娘さんを廊下でつかまえ、お酒はもうないか、と聞くと、ございません、という。どこか他に飲むところはないかと聞くと、ございます、と言下に答えた。ほっとして、その飲ませる家はどこだ、と聞いて、その家を教わり、行って見ると、意外に小綺麗な料亭であった。二階の十畳くらいの、海の見える部屋に案内され、津軽塗りの食卓に向かって大あぐらをかき、酒、酒、と言った。お酒だけ、すぐに持って来た。これも有難かった。たいてい料理で手間取って、お客をぽつんと待たせるものだが、四十年配の前歯の欠けたおばさんかと思った。

が、お銚子だけ持ってすぐに来た。私は、そのおばさんから深浦の伝説か何か聞こうかと思った。

「深浦の名所は何です。」

「観音さんへおまいりなさいましたか。」

「観音さん？　あ、円覚寺のことを、観音さんと言うのか。そう。」このおばさんから、何か古めかしい話を聞くことが出来るかもしれないと思った。しかるに、その座敷に、ぶってり太った若い女があらわれて、妙にきざな洒落など飛ばし、私は、いやで仕様がなかったので、男子すべからく率直たるべしと思い、

「君、お願いだから下へ行ってくれないか。」と言った。私は読者に忠告する。男子は料理屋へ行って率直な言い方をしてはいけない。私は、ひどいめに逢った。その若い女中が、ふくれて立ち上がると、おばさんも一緒に立ち上がり、二人ともいなくなってしまった。ひとりが部屋から追い出されたのに、もうひとりが黙って坐っているなどは、朋輩の仁義からいっても義理が悪くて出来ないものらしい。私はその広い部屋でひとりでお酒を飲み、深浦港の燈台の灯を眺め、さらに大いに旅愁を深めたばかりで宿へ帰った。翌る朝、私がわびしい気持で朝ごはんを食べていたら、主人がお銚子と、小さいお皿を持って来て、

「あなたは、津島さんでしょう。」と言った。

「ええ。」私は宿帳に、筆名の太宰を書いておいたのだ。

「そうでしょう。どうも似ていると思った。私はあなたの英治兄さんとは中学校の同期生でね、太宰と宿帳にお書きになったからわかりませんでしたが、どうも、あんまりよく似ているので。」

「でも、あれは、偽名でもないのです。」

「ええ、ええ、それも存じております。お名前を変えて小説を書いている弟さんがあるということは聞いていました。どうも、ゆうべは失礼しました。さあ、お酒を、めし上がれ。この小皿のものは、鮑のはらわたの塩辛ですが、酒の肴にはいいものです。」

　私はごはんをすまして、それから、塩辛を肴にしてその一本をごちそうになった。塩辛は、おいしいものだった。実に、いいものだった。こうして、津軽の端まで来ても、やっぱり兄たちの力の余波のおかげをこうむっている。結局、私の自力では何一つ出来ないのだと自覚して、珍味もひとしお腹綿にしみるものがあった。要するに、私がこの津軽領の南端の港で得たものは、自分の兄たちの勢力の範囲を知ったということだけで、私は、ぼんやりまた汽車に乗った。

　鰺ヶ沢。私は、深浦からの帰りに、この古い港町に立ち寄った。この町あたりが、津軽の西海岸の中心で、江戸時代には、ずいぶん栄えた港らしく、津軽の米の大部分はここから積み出され、また大阪廻りの和船の発着所でもあったようだし、水産物も豊富で、ここの浜にあがったさかなは、御城下をはじめ、ひろく津軽平野の各地方における家々の食膳を賑わしたものらしい。けれども、いまは、人口も四千五百くらい、木造、深浦よりも少ないような具合で、往年の隆々たる勢力を失いかけているようだ。鰺ヶ沢というからには、きっと昔のある時期に、見事な鰺がたくさんとれたところかとも思われるが、私たちの幼年時代には、ここの鰺の話はちっとも聞かず、ただ、ハタハタだけが有名であった。ハタハタは、このごろ東京にも時たま配給されるようであるから、読者もご存じのことと思うが、鰰、または鱩などという字を書いて、鱗のない五、六寸くらいのさかなで、まあ、海の鮎とでも思っていただいたら大過ないのではあるまいか。西海岸の特産で、秋田地方がむしろ本場のようである。東京の人たちは、あれを油っこくていやだと言っているようだけれど、私たちには非常に淡白な味のものに感ぜられる。津軽では、あたらしいハタハタを、そのまま薄醬油で煮て片端から食べて、二十四三十四を平気でたいらげる人は決して珍しくない。ハタハタの会などがあって、いちばん多く食べた人には賞品、などという話もしばしば聞いた。東京へ来るハタハタは古くなっているし、それに料理法も知らないだろうから、ことさらまずいものに感ぜられるのであろう。俳句の歳時記などにも、ハタハタが出ているようだし、また、ハタハタの味は淡いという意味の江戸時代の俳人の句を一つ読んだ記憶もあるし、あるいは江戸の通人には、珍味とされていたのかもしれない。いずれにもせよ、このハタハタを食べることは、津軽の冬の炉辺のたのしみの一つであるということには間違いない。私は、そのハタハタによって、幼年時代から鯵ヶ沢の名を知ってはいたのだが、その町を見るのは、いまがはじめてであった。山を背負い、片方はすぐ海の、おそろしくひょろ長い町である。市中(いちなか)はものの匂(にお)ひや、とかいう凡兆(ぼんちょう)の句を思い出させるような、妙によどんだ甘酸っぱい匂いのする町である。川の水も、どろりと濁っている。どこか、疲れている。木造町のように、ここにも長い「コモヒ」があるけれども、少し崩れかかっている。木造町のコモヒのような涼しさがない。その日も、ひどくいい天気だったが、日ざしを避けて、コモヒを歩いていても、へんに息づまるような気持がする。飲食店が多いようである。昔は、ここはいわゆる銘酒屋のようなものが、ずいぶん発達したところではあるまいかと思われる。今でも、そのなごりか、おそばやが四、五軒、軒をつらねて、今の時代には珍しく「やすんで行きせえ」などと言って道を通る人に呼びかけている。ちょうどお昼だったので、私は、そのおそばやの一軒にはいって、休ませてもらった。おそばに焼きざかなが二皿ついて、四十銭であった。おそばのおつゆも、まずくなかった。それにしても、この町は長い。海岸に沿うた一本街で、どこまで行っても、同じような家並みが何の変化もなく、だらだらと続いているのである。私は、一里歩いたような気がした。やっと町のはずれに出て、また引き返した。町の中心というものがないのである。たいていの町には、その町の中心勢力が、ある箇所にかたまり、町の重(おもし)になっていて、その町を素通りする旅人にも、ああ、この辺がクライマックスだな、と感じさせるように出来ているものだが、鰺ヶ沢にはそれがない。扇のかなめがこわれて、ばらばらに、ほどけている感じだ。これでは町の勢力あらそいなど、ごたごたあるのではなかろうかと、れいのドガ式政談さえ胸中に往来したほど、どこか、かなめの心細い町であった。こう書きながら、私は幽(かす)かに苦笑しているのであるが、深浦といい鰺ヶ沢といい、これでも私の好きな友人なんかがいて、ああよく来てくれた、と言ってよろこんで迎えてくれて、あちこち案内し説明などしてくれたならば、私はまた、たわいなく、自分の直感を捨て、深浦、鰺ヶ沢こそ、津軽の粋である、と感激の筆致でもって書きかねまいものでもないのだから、実際、旅の印象記などあてにならないものである。深浦、鰺ヶ沢の人は、もしこの私の本を読んでも、だから軽く笑って見のがしてほしい。私の印象記は、決して本質的に、君たちの故土を汚すほどの権威も何も持っていないのだから。

鰺ヶ沢の町を引き上げて、また五能線に乗って五所川原町に帰り着いたのは、その日の午後二時。私は駅から、まっすぐに、中畑さんのお宅へ伺った。中畑さんのことは、私も最近、「帰去来」「故郷」など一聯の作品によく書いておいたはずであるから、ここにはくどく繰り返さないが、私の二十代におけるかずかずの不仕鱈の後始末を、少しもいやな顔をせず引き受けてくれた恩人である。しばらく振りの中畑さんは、いたましいくらいに、ひどくふけていた。昨年、病気をなさって、それから、こんなに痩せたのだそうである。

「時代だじゃあ。あんたが、こんな姿で東京からやって来るようになったもののう。」と、それでも嬉しそうに、私の乞食にも似たる姿をつくづく眺め、「や、靴下が切れているな。」

と言って、自分で立って箪笥から上等の靴下を一つ出して私に寄こした。

「これから、ハイカラ町へ行きたいと思ってるんだけど。」

「あ、それはいい。行っていらっしゃい。それ、けい子、御案内。」と中畑さんは、めっきり痩せても、気早やな性格は、やはり往年のままである。五所川原の私の叔母の家族が、そのハイカラ町に住んでいるのである。私の幼年の頃に、その街がハイカラ町という名前であったのだけれども、いまは大町とか何とか、別な名前のようである。五所川原町に就いては、序編において述べたが、ここには私の幼年時代の思い出がたくさんある。四、五年前、私は五所川原のある新聞に次のような随筆を発表した。

「叔母が五所川原にいるので、小さい頃よく五所川原へ遊びに行きました。旭座の舞台開きも見に行きました。小学校の三、四年の頃だったと思います。たしか、友右衛門だったはずです。梅の由兵衛に泣かされました。廻舞台を、その時、生れてはじめて見て、思わず立ち上がってしまった程に驚きました。あの旭座は、その後間もなく火事を起こし、全焼しました。そのときの火焔が、金木から、はっきり見えました。映写室から発火したという話でした。そうして、映画見物の小学生が十人ほど焼死しました。映写の技師が、罪に問われました。過失傷害致死とかいう罪名でした。子供心にも、どういうわけだか、その技師の罪名と、運命を忘れることが出来ませんでした。旭座という名前が『火』の字に関係あるから焼けたのだという噂も聞きました。二十年も前のことです。

七つか、八つの頃、五所川原の賑やかな通りを歩いて、どぶに落ちました。かなり深くて、水が顎のあたりまでありました。三尺ちかくあったのかもしれません。夜でした。上から男の人が手を差し出してくれたので、それにつかまりました。ひき上げられて衆人環視の中で裸にされたので、実に困りました。ちょうど古着屋のまえでしたので、その店の古着を早速着せられました。女の子の浴衣でした。帯も、緑色の兵児帯でした。ひどく恥ずかしく思いました。叔母が顔色を変えて走って来ました。私は叔母に可愛がられて育ちました。私は、男ぶりが悪いので、何かと人にからかわれて、ひとりでひがんでいましたが、叔母だけは、私を、いい男だと言ってくれました。他の人が、私の器量の悪口を言うと、叔母は、本気に怒りました。みんな、遠い思い出になりました。」

中畑さんのひとり娘のけいちゃんと一緒に中畑さんの家を出て、

「僕は岩木川を、ちょっと見たいんだけどな。ここから遠いか。」

すぐそこだという。

「それじゃ、連れて行って。」

けいちゃんの案内で町を五分も歩いたかと思うと、もう大川である。子供の頃、叔母に連れられて、この河原に何度も来た記憶があるが、もっと町から遠かったように覚えている。子供の足には、これくらいの道のりでも、ひどく遠く感ぜられたのであろう。それに私は、家の中にばかりいて、外へ出るのがおっかなくて、外出のときには目まいするほど緊張していたものだから、なおさら遠く思われたのだろう。橋がある。これは、記憶とそんなに違わず、いま見てもやっぱり同じように、長い橋だ。

「いぬいばし、と言ったかしら。」

「ええ、そう。」

「いぬい、って、どんな字だったかしら。方角の乾だったかな?」

「さあ、そうでしょう。」笑っている。

「自信なし、か。どうでもいいや。渡ってみよう。」

私は片手で欄干を撫でながらゆっくり橋を渡って行った。いい景色だ。東京近郊の川では、荒川放水路がいちばん似ている。河原一面の緑の草から陽炎がのぼって、何だか眼がくるめくようだ。そうして岩木川が、両岸のその緑の草を舐めながら、白く光って流れている。

「夏には、ここへみんな夕涼みにまいります。他に行くところもないし。」

五所川原の人たちは遊び好きだから、それはずいぶん賑わうことだろうと思った。

「あれが、こんど出来た招魂堂です。」けいちゃんは、川の上流のほうを指差して教えて、「父の自慢の招魂堂。」と笑いながら小声で言い添えた。

なかなか立派な建築物のように見えた。中畑さんは、この招魂堂改築に就いても、れいの侠気を発揮して大いに奔走したに違いない。橋を渡りつくしたので、私たちは橋の袂に立って、しばらく話をした。

「林檎はもう、間伐というのか、少しずつ伐って、伐ったあとに馬鈴薯だか何だか植えるって話を聞いたけど。」

「土地によるのじゃないんですか。この辺では、まだ、そんな話は。」

大川の土手の陰に、林檎畑があって、白い粉っぽい花が満開である。私は林檎の花を見ると、おしろいの匂いを感ずる。

「けいちゃんからも、ずいぶん林檎を送っていただいたね。こんど、おむこさんをもらうんだって？」

「ええ。」少しもわるびれず、真面目に首肯いた。

「いつ？　もう近いの？」

「あさってよ。」

「へえ？」私は驚いた。けれども、けいちゃんは、まるでひとのことのように、けろりとしている。「帰ろう。いそがしいんだろう？」

「いいえ、ちっとも。」ひどく落ちついている。ひとり娘で、そうして養子を迎え、家系を嗣ごうとしているひとは、十九や二十の若さでも、やっぱりどこか違っている、と私はひそかに感心した。

「あした小泊へ行って、」引き返して、また長い橋を渡りながら、私は他のことを言った。「たけに逢おうと思っているんだ。」

「たけ、あの、小説に出てくるたけですか。」

「うん、そう。」

「よろこぶでしょうねえ。」

「どうだか。逢えるといいけど。」

　このたび私が津軽へ来て、ぜひとも、逢ってみたいひとがいた。私はその人を、自分の母だと思っているのだ。三十年ちかくも逢わないでいるのだが、私は、そのひとの顔を忘れない。私の一生は、その人によって確定されたといっていいかもしれない。

以下は、自作「思い出」の中の文章である。

「六つ七つになると思い出もはっきりしている。私がたけという女中から本を読むことを教えられ二人で様々の本を読み合った。たけは私の教育に夢中であった。私は病身だったので、寝ながらたくさん本を読んだ。読む本がなくなれば、たけは村の日曜学校などから子供の本をどしどし借りて来て私に読ませた。私は黙読することを覚えていたので、いくら本を読んでも疲れないのだ。たけは又、私に道徳を教えた。お寺へしばしば連れて行って、地獄極楽の御絵掛地を見せて説明した。火を放けた人は赤い火のめらめら燃えている籠を背負わされ、めかけを持った人は二つの首のある青い蛇にからだを巻かれて、せつながっていた。血の池や、針の山や、無間奈落という白い煙のたちこめた底知れぬ深い穴や、到るところで、蒼白く痩せたひとたちが、口を小さくあけて泣き叫んでいた。嘘を吐けば地獄へ行ってこのように鬼のために舌を抜かれるのだ、と聞かされたときには恐ろしくて泣き出した。

　そのお寺の裏は小高い墓地になっていて、山吹かなにかの生垣に沿うてたくさんの卒塔婆が林のように立っていた。卒塔婆には、満月ほどの大きさで車のような黒い鉄の輪のついているのがあって、その輪をからから廻して、やがて、そのまま止まってじっと動かないならその廻した人は極楽へ行き、一旦とまりそうになってから、又からんと逆に廻れば地獄へ落ちる、とたけは言った。たけが廻すと、いい音をたててひとしきり廻って、かならずひっそりと止まるのだけれど、私が廻すと後戻りすることがたまたまあるのだ。秋のころと記憶するが、私がひとりでお寺へ行ってその金輪のどれを廻してみても皆言い合わせたようにからんからんと逆廻りした日があったのである。私は破れかけるかんしゃくだまを抑えつつ何十回となく執拗（しつよう）に廻しつづけた。日が暮れかけてきたので、私は絶望してその墓地から立ち去った。（中略）やがて私は故郷の小学校へ入ったが、追憶もそれと共に一変する。たけは、いつの間にかいなくなっていた。ある漁村へ嫁に行ったのであるが、私がそのあとを追うだろうという懸念からか、私には何も言わずに突然いなくなった。その翌年だかのお盆のとき、たけは私のうちへ遊びに来たが、なんだかよそよそしくしていた。私に学校の成績を聞いた。私は答えなかった。ほかの誰かが代わって知らせたようだ。たけは、油断大敵でせえ、と言っただけで格別ほめもしなかった。」

私の母は病身だったので、私は母の乳は一滴も飲まず、生れるとすぐ乳母に抱かれ、三つになってふらふら立って歩けるようになった頃、乳母にわかれて、その乳母の代わりに子守としてやとわれたのが、たけである。私は夜は叔母に抱かれて寝たが、その他はいつも、たけと一緒に暮らしたのである。三つから八つまで、私はたけに教育された。そうして、ある朝、ふと眼をさまして、たけを呼んだが、たけは来ない。はっと思った。何か、直感で察したのだ。私は大声挙げて泣いた。たけいない、たけいない、と断腸の思いで泣いて、それから、二、三日、私はしゃくり上げてばかりいた。いまでも、その折の苦しさを、忘れてはいない。それから、一年ほど経って、ひょっくりたけと逢ったが、たけは、へんによそよそしくしているので、私はひどく怨めしかった。それっきり、たけと逢っていない。四、五年前、私は「故郷に寄せる言葉」のラジオ放送を依頼されて、そのとき、あの「思い出」の中のたけの箇所を朗読した。故郷といえば、たけを思い出すのである。たけは、あのとき私の朗読放送を聞かなかったのであろう。何のたよりもなかった。そのまま今日に到っているのであるが、こんどの津軽旅行に出発する当初から、私は、たけにひとめ逢いたいと切に念願をしていたのだ。いいところは後廻しという、自制をひそかにたのしむ趣味が私にある。私はたけのいる小泊の港へ行くのを、私のこんどの旅行の最後に残しておいたのである。いや、小泊へ行く前に、五所川原からすぐ弘前へ行き、弘前の街を歩いてそれから大鰐温泉へでも行って一泊して、そうして、それから最後に小泊へ行こうと思っていたのだが、東京からわずかしか持って来ない私の旅費も、そろそろ心細くなっていたし、それに、さすがに旅の疲れも出てきたのか、これからまたあちこち廻って歩くのも大儀になってきて、大鰐温泉はあきらめ、弘前市には、いよいよ東京へ帰る時に途中でちょっと立ち寄ろうという具合に予定を変更して、きょうは五所川原の叔母の家に一泊させてもらって、あす、五所川原からまっすぐに、小泊へ行ってしまおうと思い立ったのである。けいちゃんと一緒にハイカラ町の叔母の家へ行ってみると、叔母は不在であった。叔母のお孫さんが病気で弘前の病院に入院しているので、それの附添いに行っているというのである。

「あなたが、こっちへ来ているということを、母はもう知って、ぜひ逢いたいから弘前へ寄こしてくれって電話がありましたよ。」と従姉(いとこ)が笑いながら言った。叔母はこの従姉にお医者さんの養子をとって家を嗣がせているのである。

「あ、弘前には、東京へ帰る時に、ちょっと立ち寄ろうと思っていますから、病院にもきっと行きます。」

「あすは小泊の、たけに逢いに行くんだそうです。」けいちゃんは、何かとご自分の支度でいそがしいだろうに、家へ帰らず、のんきに私たちと遊んでいる。

「たけに。」従姉は、真面目(まじめ)な顔になり、「それは、いいことです。たけも、なんぼう、よろこぶか、わかりません。」従姉は、私がたけを、どんなにいままで慕っていたか知っているようであった。

「でも、逢えるかどうか。」私には、それが心配であった。もちろん打合せも何もしているわけではない。小泊の越野たけ。ただそれだけをたよりに、私はたずねて行くのである。

「小泊行きのバスは、一日に一回とか聞いていましたけど、」とけいちゃんは立って、台所に貼りつけられてある時間表を調べ、「あしたの一番の汽車でここをお立ちにならないと、中里からのバスに間に合いませんよ。大事な日に、朝寝坊をなさらないように。」ご自分の大事な日をまるで忘れているみたいであった。一番の八時の汽車で五所川原を立って、津軽鉄道を北上し、金木を素通りして、津軽鉄道の終点の中里に九時に着いて、それから小泊行きのバスに乗って約二時間。あすのお昼頃までには小泊へ着けるという見込みがついた。日が暮れて、けいちゃんがやっとお家へ帰ったのと入れ違いに、先生（お医者さんの養子を、私たちは昔から固有名詞みたいに、そう呼んでいた）が病院を引き上げて来られ、それからお酒を飲んで、私は何だかたわいない話ばかりして夜を更かした。

　翌る朝、従姉に起こされ、大急ぎでごはんを食べて停車場に駈けつけ、やっと一番の汽車に間に合った。きょうもまた、よいお天気である。私の頭は朦朧としている。二日酔いの気味である。ハイカラ町の家には、こわい人もいないので、前夜、少し飲みすぎたのである。脂汗が、じっとりと額に涌いて出る。爽やかな朝日が汽車の中に射し込んで、私ひとりが濁って汚れて腐敗しているようで、どうにも、かなわない気持である。このような自己嫌悪を、お酒を飲みすぎた後には必ず、おそらくは数千回、繰り返して経験しながら、未だに酒を断然廃す気持にはなれないのである。この酒飲みという弱点のゆえに、私はとかく人から軽んぜられる。世の中に、酒というものさえなかったら、私はあるいは聖人にでもなれたのではなかろうか、と馬鹿らしいことを大真面目で考えて、ぼんやり窓外の津軽平野を眺め、やがて金木を過ぎ、芦野公園という踏切番の小屋くらいの小さい駅に着いて、金木の町長が東京からの帰りに上野で芦野公園の切符を求め、そんな駅はないと言われ憤然として、津軽鉄道の芦野公園を知らんかと言い、駅員に三十分も調べさせ、とうとう芦野公園の切符をせしめたという昔の逸事を思い出し、窓から首を出してその小さい駅を見ると、いましも久留米絣の着物に同じ布地のモンペをはいた若い娘さんが、大きい風呂敷包みを二つ両手にさげて切符を口に咥えたまま改札口に走って来て、眼を軽くつぶって改札の美少年の駅員に顔をそっと差し出し、美少年も心得て、その真っ白い歯列の間にはさまれてある赤い切符に、まるで熟練の歯科医が前歯を抜くような手つきで、器用にぱちんと鋏を入れた。少女も美少年もちっとも笑わぬ。当り前のことのように平然としている。少女が汽車に乗ったとたんに、ごとんと発車だ。まるで、機関手がその娘さんの乗るのを待っていたように思われた。こんなのどかな駅は、全国にもあまり類例がないに違いない。金木町長は、こんどまた上野駅で、もっと大声で、芦野公園と叫んでもいいと思った。汽車は、落葉松の林の中を走る。この辺は、金木の公園になっている。沼が見える。芦の湖という名前である。この沼に兄は、むかし遊覧のボートを一艘寄贈したはずである。すぐに、中里に着く。人口、四千くらいの小邑である。この辺から津軽平野も狭小になり、この北の内潟、相内、脇元などの部落に到ると水田もめっきり少なくなるので、まあ、ここは津軽平野の北門と言っていいかもしれない。私は幼年時代に、ここの金丸という親戚の呉服屋さんへ遊びに来たことがあるが、四つくらいのときであろうか、村のはずれの滝の他には、何も記憶に残っていない。

「修っちゃあ。」と呼ばれて、振り向くと、その金丸の娘さんが笑いながら立っている。私より一つ二つ年上だったはずであるが、あまり老けていない。

「久し振りだのう。どこへ。」

「いや、小泊だ。」私はもう、早くたけに逢いたくて、他のことはみな上の空である。「このバスで行くんだ。それじゃあ、失敬。」

「そう。帰りには、うちへも寄って下さいよ。こんどあの山の上に、あたらしい家を建てましたから。」

指差された方角を見ると、駅から右手の緑の小山の上に新しい家が一軒立っている。たけのことさえなかったら、私はこの幼馴染との奇遇をよろこび、あの新宅にもきっと立ち寄らせていただき、ゆっくり中里の話でも伺ったのに違いないが、何せ一刻を争うみたいに意味もなく気がせいていたので、

「じゃ、また。」などと、いい加減なわかれかたをして、さっさとバスに乗ってしまった。バスは、かなり込んでいた。私は小泊まで約二時間、立ったままであった。中

里から以北は、全く私の生れてはじめて見る土地だ。津軽の遠祖と言われる安東氏一族は、この辺に住んでいて、十三港の繁栄などに就いては前にも述べたが、津軽平野の歴史の中心は、この中里から小泊までの間に在ったものらしい。バスは山路をのぼって北に進む。路が悪いとみえて、かなり激しくゆれる。私は網棚の横の棒にしっかりつかまり、背中を丸めてバスの窓から外の風景を覗き見る。やっぱり、北津軽だ。深浦などの風景に較べて、どこやら荒い。人の肌の匂いがないのである。山の樹木も、いばらも、笹も、人間と全く無関係に生きている。東海岸の竜飛などに較べると、ずっと優しいけれど、でも、この辺の草木も、やはり「風景」の一歩手前のもので、少しも旅人と会話をしない。やがて、十三湖が冷え冷えと白く目前に展開する。浅い真珠貝に水を盛ったような、気品はあるがはかない感じの湖である。波一つない。船も浮かんでいない。ひっそりしていて、そうして、なかなかひろい。人に捨てられた孤独の水たまりである。流れる雲も飛ぶ鳥の影も、この湖の面には写らぬというような感じだ。十三湖を過ぎると、まもなく日本海の海岸に出る。お昼すこし前に、私は小泊港に着いた。ここは、本州の西海岸の最北端の港である。この北は、山を越えてすぐ東海岸の竜飛である。西海岸の部落は、ここでおしまいになっているのだ。つまり私は、五所川原あたりを中心にして、柱時計の振り子のように、旧津軽領の西海岸南端の深浦港からふらりと舞いもどってこんどは一気に同じ海岸の北端の小泊港まで来てしまったというわけなのである。ここは人口二千五百人くらいのささやかな漁村であるが、中古の頃から既に他国の船舶の出入りがあり、殊に蝦夷通いの船が、強い東風を避けるときには必ずこの港にはいって仮泊することになっていたという。江戸時代には、近くの十三港と共に米や木材の積み出しがさかんに行われたことなど、前にもしばしば書いておいたつもりだ。いまでも、この村の築港だけは、村に不似合いなくらい立派である。水田は、村のはずれに、ほんの少しあるだけだが、水産物は相当豊富なようで、ソイ、アブラメ、イカ、イワシなどの魚類の他に、コンブ、ワカメの類の海草もたくさんとれるらしい。

「越野たけ、という人を知りませんか。」私はバスから降りて、その辺を歩いている人をつかまえ、すぐに聞いた。

「こしの、たけ、ですか。」国民服を着た、役場の人か何かではなかろうかと思われるような中年の男が、首をかしげ、「この村には、越野という苗字(みょうじ)の家がたくさんあるので。」

「前に金木にいたことがあるんです。そうして、いまは、五十くらいのひとなんです。」

私は懸命である。

「ああ、わかりました。その人ならおります。」

「いますか。どこにいます。家はどの辺です。」

私は教えられたとおりに歩いて、たけの家を見つけた。間口三間くらいの小ぢんまりした金物屋である。東京の私の草屋よりも十倍も立派だ。店先にカアテンがおろされてある。いけない、と思って入口のガラス戸に走り寄ったら、果たして、その戸に小さい南京錠が、ぴちりとかかっているのである。他のガラス戸にも手をかけてみたが、いずれも固くしまっている。留守だ。私は途方にくれて、汗を拭った。引っ越した、なんてことはなかろう。どこかへ、ちょっと外出したのか。いや、東京と違って、田舎ではちょっとの外出に、店にカアテンをおろし、戸じまりをするなどということはない。二、三日あるいはもっと永い他出か。こいつぁ、だめだ、たけは、どこか他の部落へ出かけたのだ。あり得ることだ。家さえわかったら、もう大丈夫と思っていた僕は馬鹿であった。私は、ガラス戸をたたき、越野さん、越野さん、と呼んでみたが、もとより返事のあるはずはなかった。溜息をついてその家から離れ、少し歩いて筋向かいの煙草屋にはいり、越野さんの家には誰もいないようですが、行先をご存じないかと尋ねた。そこの痩せこけたおばあさんは、運動会へ行ったんだろう、と事もなげに答えた。私は勢い込んで、

「それで、その運動会は、どこでやっているのです。この近くですか、それとも。」

すぐそこだという。この路をまっすぐに行くと田圃に出て、それから学校があって、

運動会はその学校の裏でやっているという。

「けさ、重箱をさげて、子供と一緒に行きましたよ。」

「そうですか。ありがとう。」

教えられたとおりに行くと、なるほど田圃があって、その畦道を伝って行くと砂丘があり、その砂丘の上に国民学校が立っている。その学校の裏に廻ってみて、私は、呆然とした。こんな気持をこそ、夢見るような気持というのであろう。本州の北端の漁村で、昔と少しも変わらぬ悲しいほど美しく賑やかな祭礼が、いま目の前で行われているのだ。まず、万国旗。着飾った娘たち。あちこちに白昼の酔っぱらい。そうして運動場の周囲には、百に近い掛小屋がぎっしりと立ちならび、いや、運動場の周囲だけでは場所が足りなくなったと見えて、運動場を見下ろせる小高い丘の上にまで筵で一つ一つきちんとかこんだ小屋を立て、そうしていまはお昼の休憩時間らしく、その百軒の小さい家のお座敷に、それぞれの家族が重箱をひろげ、大人は酒を飲み、子供と女は、ごはんを食べながら、大陽気で語り笑っているのである。国運を賭しての大戦争のさいちゅうでも、本州の北端の寒村で、このように明るい不思議な大宴会が催されている。海を越え山を越え、母を捜して三千里歩いて、行き着いた国の果ての砂丘の上に、華麗なお神楽が催されていたというようなお伽噺の主人公に私はなったような気がした。さて、私は、この陽気なお神楽の群集の中から、私の育ての親を捜し出さなければならぬ。わかれてから、もはや三十年近くなるのである。眼の大きい頬ぺたの赤いひとであった。右か、左の眼蓋の上に、小さい赤いほくろがあった。私はそれだけしか覚えていないのである。逢えば、わかる。その自信はあったが、この群集の中から捜し出すことは、むずかしいなあ、と私は運動場を見廻してべそをかいた。どうにも手の下しようがないのである。私はただ、運動場のまわりを、うろうろ歩くばかりである。

「越野たけというひと、どこにいるか、ご存じじゃありませんか。」私は勇気を出して、ひとりの青年にたずねた。「五十くらいのひとで、金物屋の越野ですが。」それが私のたけに就いての知識の全部なのだ。

「金物屋の越野。」青年は考えて、「あ、向こうのあのへんの小屋にいたような気がするな。」

「そうですか。あのへんですか？」

「さあ、はっきりは、わからない。何だか、見かけたような気がするんだが、まあ、捜してごらん。」

その捜すのが大仕事なのだ。まさか、三十年振りで云々と、青年にきざったらしく打ち明け話をするわけにも行かぬ。私は青年にお礼を言い、その漠然と指差された方角へ行ってまごまごしてみたが、そんなことでわかるはずはなかった。とうとう私は、

昼食さいちゅうの団欒の掛小屋の中に、ぬっと顔を突き入れ、

「おそれいります。あの、失礼ですが、越野たけ、あの、金物屋の越野さんは、こちらじゃございませんか。」

「ちがいますよ。」ふとったおかみさんは不機嫌そうに眉をひそめて言う。

「そうですか。失礼しました。どこか、この辺で見かけなかったでしょうか。」

「さあ、わかりませんねえ。何せ、おおぜいの人ですから。」

　私は更にまた別の小屋を覗いて聞いた。わからない。更にまた別の小屋。まるで何かに憑かれたみたいに、たけはいませんか、金物屋のたけはいませんか、と尋ね歩いて、運動場を二度もまわったが、わからなかった。二日酔いの気味なので、のどがかわいてたまらなくなり、学校の井戸に行って水を飲み、それからまた運動場へ引き返して、砂の上に腰をおろし、ジャンパーを脱いで汗を拭き、老若男女の幸福そうな賑わいを、ぼんやり眺めた。この中に、いるのだ。たしかにいるのだ。いまごろは、私のこんな苦労も何も知らず、重箱をひろげて子供たちに食べさせているのであろう。いっそ、学校の先生にたのんで、メガホンで「越野たけさん、御面会」とでも叫んでもらおうかしら、とも思ったが、そんな暴力的な手段は何としてもイヤだった。そんな大袈裟な悪ふざけみたいなことまでして無理に自分の喜びをでっち上げるのはイヤだった。縁がないのだ。神様が逢うなとおっしゃっているのだ。帰ろう。私は、ジャ

ンパーを着て立ち上がった。また畦道を伝って歩き、村へ出た。運動会のすむのは四時頃か。もう四時間、その辺の宿屋で寝ころんで、たけの帰宅を待っていたっていいじゃないか。そうも思ったが、その四時間、宿屋の汚い一室でしょんぼり待っているうちに、もう、たけなんかどうでもいいような、腹立たしい気持になりゃしないだろうか。私は、いまのこの気持のままでたけに逢いたいのだ。しかし、どうしても逢うことが出来ない。つまり、縁がないのだ。はるばるここまでたずねて来て、すぐそこに、いまいるということがちゃんとわかっていながら、逢えずに帰るというのも、私のこれまでの要領の悪かった生涯にふさわしい出来事なのかもしれない。私が有頂天で立てた計画は、いつでもこのように、かならず、ちぐはぐな結果になるのだ。私には、そんな具合のわるい宿命があるのだ。帰ろう。考えてみると、いかに育ての親とはいっても、露骨に言えば使用人だ。女中じゃないか。お前は、女中の子か。男が、いいとしをして、昔の女中を慕って、ひとめ逢いたいだのなんだの、それだからお前はだめだというのだ。兄たちがお前を、下品なめめしい奴と情けなく思うのも無理がないのだ。お前は兄弟中でも、ひとり違って、どうしてこんなにだらしなく、きたならしく、いやしいのだろう。しっかりせんかい。私はバスの発着所へ行き、バスの出発する時間を聞いた。一時三十分に中里行きが出る。もう、それっきりで、あとはないということであった。一時三十分のバスで帰ることにきめた。もう三十分くらいあいだがある。少しおなかもすいてきている。私は発着所の近くの薄暗い宿屋へ這入って、「大急ぎでひるめしを食べたいのですが」と言い、また内心は、やっぱり未練のようなものがあって、もしこの宿が感じがよかったら、ここで四時頃まで休ませてもらって、などと考えてもいたのであるが、断られた。きょうは内の者がみんな運動会へ行っているので、何も出来ませんと病人らしいおかみさんが、奥の方からちらちらと顔をのぞかせて冷たい返辞をしたのである。いよいよ帰ることにきめて、バスの発着所のベンチに腰をおろし、十分くらい休んでまた立ち上がり、ぶらぶらその辺を歩いて、それじゃあ、もういちど、たけの留守宅の前まで行って、ひと知れず今生のいとま乞いでもしてこようと苦笑しながら、金物屋の前まで行き、ふと見ると、入口の南京錠がはずれている。そうして戸が二、三寸あいている。天のたすけ！　と勇気百倍、グヮラリという品の悪い形容でも使わなければ間に合わないほど勢い込んでガラス戸を押しあけ、

「ごめん下さい、ごめん下さい。」

「はい。」と奥から返事があって、十四、五の水兵服を着た女の子が顔を出した。私は、その子の顔によって、たけの顔をはっきり思い出した。もはや遠慮をせず、土間の奥のその子のそばまで寄って行って、

「金木の津島です。」と名乗った。

少女は、あ、と言って笑った。津島の子供を育てたということを、たけは、自分の子供たちにもかねがね言って聞かせていたのかもしれない。もうそれだけで、私とその少女の間に、一切の他人行儀がなくなった。ありがたいものだと思った。私は、たけの子だ。女中の子だって何だってかまわない。私は大声で言える。私は、たけの子だ。兄たちに軽蔑されたっていい。私は、この少女ときょうだいだ。

「ああ、よかった。」私は思わずそう口走って、「たけは？　まだ、運動会？」

「そう。」少女も私に対しては毫末の警戒も含羞もなく、落ちついて首肯き、「私は腹がいたくて、いま、薬をとりに帰ったの。」気の毒だが、その腹いたが、よかったのだ。腹いたに感謝だ。この子をつかまえたからには、もう安心。大丈夫たけに逢える。もう何が何でもこの子に縋って、離れなければいいのだ。

「ずいぶん運動場を捜し回ったんだが、見つからなかった。」

「そう。」と言ってかすかに首肯き、おなかをおさえた。

「まだ痛いか。」

「すこし。」と言った。

「薬を飲んだか。」

黙って首肯く。

「ひどく痛いか。」

笑って、かぶりを振った。

「それじゃあ、たのむ。僕を、これから、たけのところへ連れて行っておくれよ。お前もおなかが痛いだろうが、僕だって、遠くから来たんだ。歩けるか。」

「うん。」と大きく首肯いた。

「偉い、偉い。じゃあ一つたのむよ。」

うん、うんと二度続けて首肯き、すぐ土間へ降りて下駄をつっかけ、おなかをおさえて、からだをくの字に曲げながら家を出た。

「運動会で走ったか。」

「走った。」

「賞品をもらったか。」

「もらわない。」

おなかをおさえながら、とっとと私の先に立って歩く。また畦道をとおり、砂丘に出て、学校の裏へまわり、運動場のまんなかを横切って、それから少女は小走りになり、一つ

小泊 たけの顔

の掛小屋へはいり、すぐそれと入れ違いに、たけが出て来た。たけは、うつろな眼をして私を見た。

「修治だ。」私は笑って帽子をとった。

「あらあ。」それだけだった。笑いもしない。まじめな表情である。でも、すぐに、その硬直の姿勢を崩して、さりげないような、へんに、あきらめたような弱い口調で、

「さ、はいって運動会を。」と言って、たけの小屋に連れて行き、「ここさお坐りになりせえ。」とたけの傍に坐らせ、たけはそれきり何も言わず、きちんと正座してそのモンペの丸い膝にちゃんと両手を置き、子供たちの走るのを熱心に見ている。けれども、私には何の不満もない。まるで、もう、安心してしまっている。足を投げ出して、ぼんやり運動会を見て、胸中に一つも思うことがなかった。もう、何がどうなってもいいんだ、というような全く無憂無風の情態である。平和とは、こんな気持のことを言うのであろうか。もし、そうなら、私はこのとき、生れてはじめて心の平和を体験したと言ってもよい。先年なくなった私の生みの母は、気品高くおだやかな立派な母であったが、このような不思議な安堵感を私に与えてはくれなかった。世の中の母というものは、皆、その子にこのような甘い放心の憩いを与えてやっているものなのだろうか。そうだったら、これは、何をおいても親孝行をしたくなるにきまっている。そんな有難い母というものがありながら、病気になったり、なまけたりしているやつ

の気が知れない。親孝行は自然の情だ。倫理ではなかった。

　たけの頬（ほお）は、やっぱり赤くて、そうして、右の眼蓋の上には、小さい罌粟粒（けしつぶ）ほどの赤いほくろが、ちゃんとある。髪には白髪もまじっているが、でも、いま私のわきにきちんと坐っているたけは、私の幼い頃の思い出のたけと、少しも変わっていない。あとで聞いたが、たけが私の家へ奉公に来て、私をおぶったのは、私が三つで、たけが十四のときだったという。それから六年間ばかり私は、たけに育てられ教えられたのであるが、けれども、私の思い出の中のたけは、決してそんな、若い娘ではなく、いま眼の前に見るこのたけと寸分もちがわない老成した人であった。これもあとで、たけから聞いたことだが、その日、たけの締めていたアヤメの模様の紺色の帯は、私の家に奉公していた頃にも締めていたもので、また、薄い紫色の半襟（はんえり）も、やはり同じ頃、私の家からもらったものだということである。そのせいもあったのかもしれないが、たけは、私の思い出とそっくり同じ匂いで坐っている。たぶん贔屓目（ひいきめ）であろうが、たけはこの漁村の他のアバ（アヤのFemme）たちとは、まるで違った気位を持っているように感ぜられた。着物は、縞（しま）の新しい手織り木綿であるが、それと同じ布地のモンペをはき、その縞柄は、まさか、いきではないが、でも選択がしっかりしている。おろかしくない。全体に、何か、強い雰囲気を持っている。私も、いつまでも黙っていたら、しばらく経ってたけは、まっすぐ運動会を見ながら、肩に波を打たせて深い長い溜息(ためいき)をもらした。たけも平気ではないのだな、と私にはその時はじめてわかった。でも、やはり黙っていた。

たけは、ふと気がついたようにして、

「何か、たべないか。」と私に言った。

「要らない。」と答えた。本当に、何もたべたくなかった。

「餅(もち)があるよ。」たけは、小屋の隅に片づけられてある重箱に手をかけた。

「いいんだ。食いたくないんだ。」

たけは軽く首肯(うなず)いてそれ以上すすめようともせず、

「餅のほうでないんだものな。」と小声で言って微笑(ほほえ)んだ。三十年ちかく互いに消息がなくても、私の酒飲みをちゃんと察しているようである。不思議なものだ。私がにやにやしていたら、たけは眉(まゆ)をひそめ、

「たばこも飲むのう。さっきから、立てつづけにふかしている。たけは、お前に本を読むことだば教えたけれども、たばこだの酒だのは、教えねきゃのう。」と言った。

油断大敵のれいである。私は笑いを収めた。

私が真面目な顔になってしまったら、こんどは、たけのほうで笑い、立ち上がって、

「竜神様(りゅうじんさま)の桜でも見に行くか。どう？」と私を誘った。

「ああ、行こう。」

私は、たけの後について掛小屋のうしろの砂山に登った。砂山には、スミレが咲いていた。背の低い藤の蔓も、這い拡がっている。たけは黙ってのぼって行く。私も何も言わず、ぶらぶら歩いてついて行った。砂山を登り切って、だらだら降りると竜神様の森があって、その森の小路のところどころに八重桜が咲いている。たけは、突然、ぐいと片手をのばして八重桜の小枝を折り取って、歩きながらその枝の花をむしって地べたに投げ捨て、それから立ちどまって、勢いよく私のほうに向き直り、にわかに、堰を切ったみたいに能弁になった。

「久し振りだなあ。はじめは、わからなかった。金木の津島と、うちの子供は言ったが、まさかと思った。まさか、来てくれるとは思わなかった。小屋から出てお前の顔を見ても、わからなかった。修治だ、と言われて、あれ、と思ったら、それから、口がきけなくなった。運動会も何も見えなくなった。三十年近く、たけはお前に逢いたくて、逢えるかな、逢えないかな、とそればかり考えて暮らしていたのを、こんなにちゃんと大人になって、たけを見たくて、はるばると小泊までたずねて来てくれたかと思うと、ありがたいのだか、うれしいのだか、かなしいのだか、そんなことは、どうでもいいじゃ、まあ、よく来たなあ、お前の家に奉公に行ったときには、お前は、ぱたぱた歩いてはころび、ぱたぱた歩いてはころび、まだよく歩けなくて、ごはんのときには茶碗を持ってあちこち歩きまわって、庫の石段の下でごはんを食べるのがいちばん好きで、たけに昔噺(むがしこ)語らせて、たけの顔をとっくと見ながら一匙(ひときじ)ずつ養わせて、手かずもかかったが愛(め)ごくてのう、それがこんなにおとなになって、みな夢のようだ。金木へも、たまに行ったが、金木のまちを歩きながら、もしやお前がその辺に遊んでいないかと、お前と同じ年頃の男の子供をひとりひとり見て歩いたものだ。よく来たなあ。」と、一語、一語、言うたびごとに、手にしている桜の小枝の花を夢中で、むしり取っては捨て、むしり取っては捨てている。

「子供は？」とうとうその小枝もへし折って捨て、両肘(りょうひじ)を張ってモンペをゆすり上げ、「子供は、幾人。」

私は小路の傍の杉の木に軽く寄りかかって、ひとりだ、と答えた。

「男？　女？」

「女だ。」

「いくつ？」

次から次と矢継早に質問を発する。私はたけの、そのように強くて無遠慮な愛情のあらわし方に接して、ああ、私は、たけに似ているのだと思った。きょうだい中で、私ひとり、粗野で、がらっぱちのところがあるのは、この悲しい育ての親の影響だったということに気附いた。私は、この時はじめて、私の育ちの本質をはっきり知らされた。私は断じて、上品な育ちの男ではない。どうりで、金持ちの子供らしくないところがあった。見よ、私の忘れ得ぬ人は、青森におけるT君であり、五所川原における中畑さんであり、金木におけるアヤであり、そうして小泊におけるたけである。アヤは現在も私の家に仕えているが、他の人たちも、そのむかし一度は、私の家にいたことがある人だ。私は、これらの人と友である。

さて、古聖人の獲麟を気取るわけでもないけれど、新津軽風土記も、作者のこの獲友の告白を以て、ひとまずペンをとどめて大過ないかと思われる。まだまだ書きたいことが、あれこれとあったのだが、津軽の生きている雰囲気は、以上でだいたい語り尽くしたようにも思われる。私は虚飾を行わなかった。読者をだましはしなかった。さらば読者よ、命あらばまた他日。元気で行こう。絶望するな。では、失敬。

解説

町田康

本書「津軽」の、出立前の筆者の旅先との関わりを記した序編に続く本編一は「巡礼」と題されているが、巡礼とはすなわち西国三十三箇所等の聖地・霊場等を巡拝することであり、ではなぜそういう面倒くさいことをするかというと、巡礼・巡拝の功徳によって病気平癒等、日頃の祈願を実現したいからである。しかしながら、これはあくまでもニュアンス・雰囲気・ムード・気持ち・気分といった曖昧かつ主観的なものので他意を含むところはなにもないのだが、メッカやエルサレムへ向けて出立するのと四国西国へ向けて出立するのではかなりイメージが異なり、たとえばメッカ巡礼の旅、なんていうとなんだかやる気が横溢して雄々しい信仰心に支えられた強気の旅、賽銭やお供物などもぬかりなく用意して砂塵を撒き散らして進軍、って風情が漂うのだけれども、四国西国というと、現世に破れ疲れた人が乞食・乞丐となって心細い杖に縋り、おちこちのたづきもしらぬ山中、或いは一歩一歩がずぶずぶめりこんできわめて歩きづらい砂浜をよろぼい歩く、ってイメージがあるのであるが、本編一、冒頭の会話において、配偶者と思しき人に、「ね、なぜ旅に出るの」と問われた主人公は、ごくあっさり、とは書いていないが、しかしながらそういう調子で、「苦しいからさ」と答えて出立するのであり、その服装もまた、「有り合わせの木綿の布切れを、家の者が紺色に染めて、ジャンパーみたいなものと、ズボンみたいなものにでっち上げた何だか合点のゆかない見馴れぬ型の作業服」それも、「一、二度着て外へ出たら、たちまち変色して、むらさきみたいな妙な色になった」作業服に、「緑色のスフのゲートルをつけ」、「ゴム底の白いズックの靴」を履き、「帽子は、スフのテニス帽」といった主観的にも客観的にも「乞食のような姿」で出立するのであって、一瞬、四国西国のクチかとも思われるが、また同時に、この服装の描写は、いま私はこれを写しつつ思わず吹き出して少量の洟を垂らしてしまったが、それくらい珍妙なもので、この後、行く先々でこの服装に関して幾度も、笑いを誘うような調子で触れているのであって一概に四国西国とも言えぬのである。また、芭蕉翁行脚掟を異常に気にして、「好みて酒を飲むべからず、饗応により固辞しがたくとも微醺にして止むべし」まあ、いわば、飲め飲め、と言われてもええ加減で止めとけ、という教えも一方に論語を引き合いに出して、泥酔しなければいい、第一、「私はアルコールには強いのである。芭蕉翁の数倍強いのではあるまいかと思われる」なんて弁解して大いに飲むあたりも、それなら最初から芭蕉なんて引き合いに出さなきゃいいじゃないか、と思うが頻りに芭蕉を気にするところがまた可笑しく、まるで四国西国じゃない。

しかしながら、じゃあ最初からまるっきり四国西国ではないか、というとそうでもなく、かかる原稿ものというものは、まあ人にもよるだろうが、元来、旅先で書けるものではなく、旅程終了して帰宅の後、メモその他を参照しつつ後日改めて書くものであって、本書も、序章以降基本的に現在の時制でもって書かれてはいるが、実際は、「かなり重要な事件のひとつであった」と筆者自らいうような体験を経て書かれているのであり、旅に出た段階では、筆者にまるで屈託がなかったとはいえず、例えば、飯。当時の東京の人が地方に行った場合、餓鬼のごとき有り様であるのに対して、「蟹だけは除外例を認めて」はいたものの「姿こそ、むらさき色の乞食にも似ているが、私は真理と愛情の乞食だ」と自己に対して諧謔的なこだわり、こわばりを持ち、日本酒やビールは遠慮してリンゴ酒と気を回す。或いは、訪れた家の奥方の元気のなさに、「僕のことで喧嘩をしたのじゃないかな?」といつもの癖で思い、自らの出現によって善良の家庭に不安の感を与うる事の苦痛を感じ、「この苦痛を体験した事の無い作家は馬鹿である」と嘆じているのであり、この屈託は道中、仕舞の方までつきまとい、素の自分であることに他者よりも先に耐えられなくなってしまう筆者は、芭蕉翁に自らを擬し、またはひき比べこれを乗り切ろうとするのであるが、なんのことはない、その都度触れる、十年ぶりに訪れた故郷の風土・風景・人は、東京の人は餓鬼だ、とたれも思ってもいないし、リンゴ酒と言っているのは「東京で日本酒やビールを飲みあきて」のことであろう、と逆に気を遣っている、奥方を追い回して、「疾風怒濤の如き接待」でもって愛情を表現し、後日、そのことを思い出すと恥ずかしくて酒を飲まずにいられなくなるくらいに愛情を過度に露出してしまう、なんだ、はは、まるっきり俺じゃねぇか、ってすっかり素の自分に戻って、ときにまた芭蕉、「問に答へざるはよろしからず」てって、志賀直哉を罵倒するうち、段々おかしくなって、「他の短を挙げて、己の長を顕す」ような変な具合になってしまい、悲鳴に似た声でルイ十六世まで持ち出し、またかあっ、となるのだけれどもここは蟹田、最後はみんな笑ってくれて、と心ほどけるような、これが俺の素だったんだあ、と思えるような風土を「真理と愛情の乞食」たる筆者は改めてここで体験したのであり、その過程は味わうべきところの平明かつ諧謔に富んだ文章に明らか、詳らか。生家を訪れ、旅の最後にいたって、一度は、「いかに育ての親とはいっても、露骨に言えば使用人だ。女中じゃないか。お前は、女中の子か。男が、いいとしをして」と自暴自棄な考えに陥るも、自分の母だと思っていた、かつての女中、たけに、幻のごとき運動会場で再会した筆者は、「胸中に一つも思うことがな」い、「無憂無風」の安堵感を心に覚え、旅の目的、日頃の祈願であった真理と愛情に到達するのであり、その「心の平和の体験」を読者は、初めは笑いもせず、「さりげないような、へんに、あきらめたような弱い口調」で、「さ、はいって運動会を」「ここさお座りになりせえ」と言ったばかりのたけが、掛小屋の後ろの砂山、ところどころに八重桜の咲く竜神様の森で、「久し振りだなあ。はじめは、わからなかった。金木の津島と、うちの子供は言ったが、まさかと思った。まさか、来てくれるとは思わなかった。小屋から出てお前の顔を見ても、わからなかった。修治だ、と言われて、あれ、と思ったら、それから、口がきけなくなった、運動会も何も見えなくなった」と話し始めるにいたって、筆者と同時に体験するのであって、ここにいたって心が動かぬものがあったとしたらその人は人非人である。したがって、またぞろ日々の職場に還り、「私は虚飾を行わなかった。読者をだましはしなかった。さらば読者よ、命あらばまた他日。元気で行こう。絶望するな。では、失敬」という筆者の最後の言葉も、よろぼい歩いた揚げ句、力つきるのではなく、また、ただただ、はは、俺の罪は祓われた清められた、オッケーやで、という調子でもない、別種の力強さでもって読者の心に反響するのである。

年譜

明治四十二年（一九〇九）

六月十九日、青森県北津軽郡金木村大字金木字朝日山四一四番地に生まれる。本名津島修治。父は源右衛門、母はタ子。六男であるが二兄夭折で、文治、英治、圭治の三兄と四人の姉があった。ほか曾祖母、祖母、叔母とその娘四人ら大家族であり、三年後に弟礼治が生まれる。津島家は源の屋号で通る、県下有数の大地主であった。「思い出」に現われる子守のタケは二歳から八歳まで太宰につけられていた。

大正五年（一九一六）　七歳

金木第一尋常小学校入学。とてもよくできた。大正九年、曾祖母さよ死す。

大正十一年（一九二二）　十三歳

尋常小学校を卒業。近隣町村の組合立明治高等小学校に入学する。ここで「親友交歓」等に現われる多数の郷里の友人を得る。

大正十二年（一九二三）　十四歳

三月、父死去。享年五十二歳。貴族院議員。四月、青森県立青森中学校に入学。同市寺町の遠縁にあたる豊田家に下宿。中学在学中は交友会誌に作品を発表し、阿部合成、中村貞次郎らと同人雑誌をつくり、また家族間でも『青んぼ』という雑誌をつくった。

昭和二年（一九二七）　十八歳

中学四年修了から官立弘前高等学校文科甲類に入学。遠縁の藤田家に止宿。このころ泉鏡花、芥川龍之介の文学に傾倒。七月、芥川の自殺に強い衝撃をうけた。義太夫を習う。

昭和三年（一九二八）　十九歳

同人誌『細胞文芸』を創刊編集、「長篇小説無間奈落」を、辻島衆二の筆名で発表。石上玄一郎も同人に加わった。マルクシズムの影響をうける。翌年、カルモチンを多量に飲み、自殺未遂を起こす。青森市浜町玉家方芸妓紅子（小山初代）と親しくなる。

昭和五年（一九三〇）　二十一歳

四月、東京帝国大学仏文科に入学。まったくといっていいくらい登校はしなかった。戸塚町諏訪常盤館に下宿。三兄圭治の近くであった。井伏鱒二に面接し、後長く師事す。非合法運動に関係。六月、圭治死去。秋、小山初代上京して来たが、長兄文治のはからいで将来を約し、一時帰郷さす。戸籍上金木町同番地に分家。十一月二十八日、行きずりのカフェー女給田辺あつみと鎌倉で薬物心中を図るが、女のみ死亡し、自殺幇助罪に問われ、起訴猶予となる。

昭和六年（一九三一）　二十二歳

二月、小山初代と同棲、五反田に住む。夏、神田同朋町に、晩秋、和泉町に移転。朱麟（または朱鱗）堂と号し、俳句に凝る。非合法運動に従事。九月、満州事変起きる。

昭和七年（一九三二）　二十三歳

柏木、八丁堀、白金三光町に転々す。（五・一五事件あり）。七月、青森警察署へ自首、留置、以後非合法運動を離れた。

「思い出」を書きはじめる。

昭和八年（一九三三）　二十四歳

二月、杉並区天沼に移転。はじめて太宰治の筆名を用いた「田舎者」を『海豹通信』に発表。『サンデー東奥』に「列車」を発表。古谷綱武、木山捷平らの同人雑誌『海豹』に参加し、「魚服記」を創刊号に、「思い出」を四、六、七月号に発表した。檀一雄を知る。また井伏鱒二家を繁く訪ね、伊馬鵜平（春部）、中村地平、小山祐士らと知り合う。

昭和九年（一九三四）　二十五歳

四月、『文藝春秋』に「洋之助の気焔」が井伏鱒二の名で出る。同人雑誌『鷭』（古谷綱武・檀一雄ら）に「葉」を発表。七月、『鷭』に「猿面冠者」、十月、同人雑誌『世紀』（外村繁、中谷孝雄、尾崎一雄ら）に「彼は昔の彼ならず」を発表した。十二月、津村信夫、中原中也、山岸外史、今官一、小野正文（筆名・斧稜）、伊馬鵜平、木山捷平らと共に同人雑誌『青い花』をつくり、「ロマネスク」を発表す。

昭和十年（一九三五）　二十六歳

二月、『文芸』に「逆行」を発表。三月、大学を落第、都新聞の入社試験に失敗。中旬、鎌倉山にて縊死を企てた。『日本浪曼派』にはいり、「道化の華」を発表す。その前四月、盲腸炎から腹膜炎を併発し、阿佐ヶ谷篠原病院、のち世田ヶ谷経堂病院に入院し、夏まで療養。七月、千葉県船橋町に転地す。パビナール中毒症にかかる。『作品』に「雀こ」「玩具」を発表。八月、第一回芥川賞候補に「逆行」があげられたが次席となる。九月、

『文学界』に「猿ヶ島」、十月、『文藝春秋』に「ダス・ゲマイネ」、『帝国大学新聞』に「盗賊」(「逆行」の一部)、十二月、『新潮』に「地球図」を発表。この間に随筆「もの思う葦」を『日本浪曼派』に八月号より連載した。田中英光との文通がはじまった。十二月、湯河原、箱根に遊ぶ。

昭和十一年(一九三六)　二十七歳

一月、『新潮』に「めくら草紙」を発表。「もの思う葦」を諸誌に分散発表。『日本浪曼派』に「碧眼托鉢」を一、二、三月号と連載した。二月、パビナール中毒症治療のため済生会芝病院に入院したが全治せぬまま退院。(二・二六事件あり)。四月、『文芸雑誌』に「陰火」を、五月、『若草』に「雌に就いて」、六月、最初の創作集「晩年」を砂子屋書房より刊行した。七月、『文学界』に「虚構の春」を発表。期待していた第三回芥川賞に落ちたことを知ってショックを受けた。十月、「狂言の神」を『東陽』、「喝采」を『若草』に発表。井伏鱒二のすすめに従って病患治療のため板橋の東京武蔵野病院に入院し一月後に根治退院し、「二十世紀旗手」「HUMAN LOST」を書く。

昭和十二年(一九三七)　二十八歳

一月、『改造』に「二十世紀旗手」を発表。三月、初代と水上温泉に行きカルモチン心中自殺を企て未遂に終った。帰京後初代と離別。六月、新潮社から「虚構の彷徨、ダス・ゲマイネ」が刊行された。天沼一丁目に下宿生活。十月、「燈籠」を『若草』に発表す。この年、日中戦争起こる。

昭和十三年（一九三八）　二十九歳

九月、「満願」を『文筆』に、十月、「姥捨」を『新潮』に発表。九月より山梨県河口村御坂峠の天下茶屋に滞在し「火の鳥」を書く。十一月、下山し、甲府市西竪町に下宿す。

昭和十四年（一九三九）　三十歳

一月、井伏鱒二夫妻の媒酌で石原美知子と結婚式をあげ、新居を甲府市御崎町に構えた。二月、「I can speak」を『若草』に、「富嶽百景」を『文体』に、四月、「女生徒」を『文学界』、「懶惰の歌留多」を『文芸』に発表。「黄金風景」で、国民新聞社短編小説コンクール賞をもらう。五月、書き下し創作集「愛と美について」が竹村書房から刊行された。六月、「葉桜と魔笛」を『若草』に発表。三先の賞金で夫人の母堂、妹らを加え、三保、修善寺、三島方面に家族旅行をした。七月、「女生徒」が砂子屋書房から刊行され、これによって翌年に第四回北村透谷記念文学賞副賞をもらう。「八十八夜」を『新潮』に発表。九月一日、かねて契約の東京府下三鷹村下連雀一一三番地にうつった。九月、第二次世界大戦勃発。十月、「美少女」を『月刊文章』に、「畜犬談」を『文学者』、「ア、秋」を『若草』に発表。「おしゃれ童子」を『婦人画報』、「デカダン抗議」を『文芸世紀』、「皮膚と心」を『文学界』の各十一月号に所載。またこの年は随筆を多数発表した。

昭和十五年（一九四〇）　三十一歳

新進作家としての地位も定まり作品の発表がふえた。「女の決闘」の連載（『月刊文章』）をはじめ、「俗天使」「鷗」「美しい兄たち」（のち「兄たち」と改題）「老ハイデルベルヒ」等があり、創作集の単行本としては、「皮膚と心」（竹村書房）、「思い出」（人文書院）がこの年前半に刊行された。名作といわれる「駈込み訴え」「走れメロス」も発表された。また四月には井伏鱒二、伊馬鵜平らとの四万温泉行、七月には伊豆湯ヶ野温泉、熱川温泉から谷津温泉に滞在中の井伏鱒二、亀井勝一郎を夫人とともに訪ねて水害に遭ったりした。講演の依頼も多く東京商大で「近代の病」と題して話し、新潟高等学校でも講演した。その帰途佐渡に遊んだ（十一月）。随筆も多く発表した。第一回阿佐ヶ谷会（中央線沿線在住文士の親睦会）に出席し、以後常連になった。

昭和十六年（一九四一）　三十二歳

「東京八景」（『文学界』一月）をはじめ前年に続く充実ぶりを示した。「東京八景」は単行本としても実業之日本社から刊行（五月）された。懸案の長編「新ハムレット」は文藝春秋社（七月）から、「千代女」も筑摩書房（八月）から刊行された。家庭では六月七日、長女園子が誕生し、八月に母夕子病気のため、北芳四郎氏のすすめによって十年ぶりに郷里金木町の生家を訪ねた。十一月、文士徴用を受けたが胸部疾患のため免除になった。

この年十二月八日、太平洋戦争に突入。

昭和十七年（一九四二）　三十三歳

一月、限定版「駈込み訴え」を月曜荘から刊行。書き下し長編「正義と微笑」を二月から三月にかけて、甲府市外の湯村温泉、奥多摩御嶽駅前の旅館で書きつぎ、六月、錦城出版社から刊行された。また

「風の便り」が「新郎」「誰」「畜犬談」「鷗」「猿面冠者」「律子と貞子」「地球図」を合わせて単行本として利根書房から刊行された。創作集「老ハイデルベルヒ」も竹村書房から、同じく「女性」も博文館から出た。このころからしばしば点呼召集にかり出される。十月、「花火」を『文芸』に発表、全文削除を命ぜられた（「花火」はのちに「日の出前」と改題）。母タ子重態のしらせを受け美知子と園子を伴って生家に帰る。「帰去来」を『八雲』に載せる。十一月、文藻集「信天翁」が昭南書房から刊行。十二月十日、生母タ子死去（享年六十九歳）のため単独で帰郷。「禁酒の心」を『現代文学』に発表した。

昭和十八年（一九四三）　三十四歳

一月、昭和名作選集の一冊として「富嶽百景」が新潮社から出るに際し、新たに「序」を書く。「黄村先生言行録」を『文学界』、「故郷」を『新潮』に発表。同月中旬、亡母三十五日法要のため妻子を伴って帰郷した。三月、甲府の夫人の実家と湯村温泉の明治屋にて、長編「右大臣実朝」を完成。六月ごろ「花吹雪」を『改造』に寄せたがついに不掲載に終った。九月、「右大臣実朝」錦城出版社から出る。十月、「作家の手帖」を『文庫』、「不審庵」を『文芸世紀』に発表。「雲雀の声」（二〇〇枚）を完成したが、検閲不許可のおそれのため小山書店と相談の上出版を見合わせた。

昭和十九年（一九四四）　三十五歳

一月、「新釈諸国噺」（のち「裸川」と改題）を『新潮』、「佳日」を『改造』に発表。「佳日」の映画化の申し入れが東宝映画会社からあり、脚本家八木隆一郎らと熱海山王ホテルにこもって脚色した。これは映画「四つの結婚」となり九月に封切られた。内閣情報局と日本文学報国会より、大東亜五大宣言の小説化の依頼を受け、魯迅の研究をはじめた。三月、「散華」を『新若人』、五月「雪の夜の話」を『少女の友』、「武家義理物語（新釈諸国噺）」（のち「義理」と改題）を『文芸』に発表する。小山書店の「新風土記叢書」のうち「津軽」を書くため、五月十二日東京を出発、六月五日帰京まで津軽地方を探訪した。この間に旅行先から、「奇縁」を当時満州で発行されていた『満洲良男』に送ったが、消息不明になってしまった。「津軽」は七月に完成、十一月に小山書店から刊行された。八月十日、長男正樹誕生。単行本「佳日」が肇書房から出た。「貧の意地―新釈諸国噺―」など、新釈諸国噺の一連のものを発表した。十月から翌年三月まで、輪番による隣組長などをつとめ、在郷軍人会から十月一日、二十一日、十一月十一日の暁天動員をうけた。先に出版を見合わせた「雲雀の声」は小山書店からいよいよ出版という間際に工場が空襲のために焼け烏有に帰した。後の「パンドラの匣」はその時のゲラ刷をもとに書き直したものである。十二月二十日、魯迅の仙台時代の事蹟を踏査するため仙台に赴いた。なおこの年、小山初代が青島で死んだという。

昭和二十年（一九四五）　三十六歳

一月、「新釈諸国噺」を生活社より刊行。二月、魯迅伝記「惜別」を書き上げ、九月に朝日新聞社から刊行された。三月、空襲警報下に「お伽草紙」を執筆す。三月末、妻子を甲府の夫人生家に疎開させた。四月二日未明、来訪中の田中英光、まえから同居していた小山清とともに空襲に遭い、爆撃によって家を破損された。一時吉祥寺の亀井勝一郎宅に避難し、留守を小山清にまかせて単身妻子の疎開先に向かった。甲府では甲運村に疎開中の井伏鱒二、大江満雄、『中部文学』の同人などとの交遊があった。しかし甲府も空襲の不安強く、五月下旬頃、市外千代田村に書籍その他の荷物を移した。七月七日未明、ついに甲府市も焼夷弾攻撃をうけ、石原家も全焼、甲府市新柳町六、山梨高工教授大内勇方に身を寄せた。二十八日、妻子をつれ東京経由津軽の生家に向かう。三十一日、金木町の生家に着いた。この間「お伽草紙」を完成。八月四日に田中英光の来訪をうけ、十五日終戦の詔勅を生家で聞いた。十月、『河北新報』に「パンドラの匣」の連載をはじめ、翌年一月に完結した。また「お伽草紙」は十月に筑摩書房から刊行された。十一月、四姉きやう死去。大高正博、小野才八郎ら師事。

昭和二十一年（一九四六）　三十七歳

一月、「庭」を『新小説』、「親といふ二字」を『新風』に発表を皮切りに、戦後活躍の幕があがった。二月、「嘘」を『新潮』、「貨幣」を『婦人朝日』創刊号、「やんぬる哉」を『月刊読売』、最初の戯曲「冬の花火」は三月完成、六月『展望』に発表された。この間四月には戦後最初の衆議院総選挙が行なわれ、長兄文治当選。「十五年間」を『文化展望』創刊号に発表した。芥川比呂志が来訪。「新ハムレット」の思想座での上演許可を求めるためだった。「未帰還の友に」

を『潮流』、六月、「苦悩の年鑑」を『新文芸』に発表。七月四日、祖母イシ死去(享年八十九歳)。「チャンス」を『芸術』、「海」を『文学通信』に発表。戯曲の第二作「春の枯葉」が『人間』に掲載された。十一月十二日、金木を出発、途中仙台一泊、十四日東京三鷹の自宅に着く。実に一年有半の郷里疎開生活であった。十月、「雀」を『思潮』、十一月、「たずねびと」を『東北文学』に発表。単行本「薄明」が新紀元社から刊行された。十二月、「親友交歓」を『新潮』、「男女同権」を『改造』に発表。同月、「冬の花火」が新生新派によって東劇で上演される予定であったが、マッカーサー司令部の意向により中止させられた。随筆は「政治家と家庭」「津軽地方とチエホフ」等。

昭和二十二年(一九四七) 三十八歳

一月、「トカトントン」を『群像』、「メリイクリスマス」を『中央公論』に発表。十二日、織田作之助の告別式に出席。二十「織田君の死」を東京新聞に載す。二十九日、これまで同居していた小山清が北海道夕張炭鉱へ渡るのを見送った。二月、田中英光の疎開先伊豆の三津浜に旅行。途中神奈川県下曾我に太田静子を訪ね、五日間滞在し、尾崎一雄を訪問す。三津浜安田屋旅館に三月上旬まで滞在し、「斜陽」の一、二章を書いた。「母」を『新潮』、「ヴィヨンの妻」を『展望』各三月号に発表。三月三十日、次女里子が生まれた。「父」を『人間』四月号に、「女神」を『日本小説』五月創刊号、同じく六・七月号に「フォスフォレッスセンス」を発表。この春から山崎富栄と知り合う。六月末「斜陽」完結、『新潮』

七月号から連載され十月号で終る。創作集「冬の花火」が中央公論社から、「ヴィヨンの妻」が筑摩書房からそれぞれ刊行された。九月、伊馬春部らと熱海に旅行す。十月、「おさん」を『改造』に、随筆「文学の曠野に」（のち「わが半生を語る」と改題）を『小説新潮』、「小志」を十一月十七日付朝日新聞に出す。この秋、八雲書店から全集刊行の申し入れがあって、準備にはいった。十一月十二日、太田静子に女児生まれ、治子と名づけた。十二月、「斜陽」が新潮社から刊行された。

昭和二十三年（一九四八）　三十九歳

一月、「犯人」を『中央公論』、「酒の追憶」を『地上』、「饗応夫人」を『光』、「かくめい」を『ろまねすく』に発表。二月、俳優座創作劇研究会の第一回公演として、「春の枯葉」が千田是也の演出により毎日ホールで上演された。三月、「太宰治随想集」が若草書房から出版され、「美男子と煙草」が『日本小説』、「眉山」が『小説新潮』に発表された。また「如是我聞」（『新潮』三月号より連載）は文壇を驚かせた。三月七日から熱海市咲見町の起雲閣に滞在して「人間失格」に着手、「第二の手記」まで書き、四月、三鷹の仕事部屋にて書きつぎ、四月二十九日から五月十二日まで大宮市大門町の小野沢方で完成す。発表は『展望』六月号に「第二の手記」まで、以後は死後の発表となる。「太宰治全集」第一回配本「虚構の彷徨」が八雲書店から刊行された。「渡り鳥」が『群像』、「女類」が『八雲』各四月号。五月、「桜桃」が『世界』に載った。五月中旬頃から『朝日新聞』に連載予定の「グッド・

バイ」に着手し、下旬十回分までの草稿を渡した。このころ身体の疲労ひどくなり、しばしば喀血した。六月号所載作品は、『展望』の前記「人間失格」の「第二の手記」までと、『新潮』の「如是我聞（三）」だけであった。六月十三日深更から十四日未明頃、山崎富栄とともに玉川上水に入水し世を去る。美知子夫人への遺書、子供らへのオモチャのほか、「池水は濁りににごり藤波の影もうつらず雨降りしきる　録左千夫歌太宰治」の色紙が伊馬春部宛に残されていた。降り続く雨の中を捜査が続けられ、十九日遺体発見、二十一日、自宅において、葬儀委員長豊島与志雄、副委員長井伏鱒二にて告別式が行なわれた。七月十八日、三鷹町下連雀二九六、黄檗宗禅林寺に葬り、三十五日の法要を営んだ。翌昭和二十四年六月十九日、先輩、知人、友人が禅林寺にあいつどい、遺族を招いて故人を偲んだ。第一回桜桃忌である。以後毎年行われている。

（小野才八郎編）

本書は、角川文庫旧版（一九九八年六月二十五日改版初版）を底本とし、筑摩書房『太宰治全集』（一九九八）ほかを参照して、一部原文表記に改めました。

なお本書中には、部落、乞食、下男、百姓、女中、酋長、痴、ちんば、めかけなど今日の人権擁護の見地に照らして不適切と思われる語句や表現がありますが、著者自身に差別的意図はなく、また著者が故人であること、作品自体の文学性・芸術性を考え合わせ、原文のままとしました。

（編集部）

津軽（つがる）

太宰 治（だざい おさむ）

昭和32年 1月15日　初版発行
平成30年 6月25日　改版初版発行
令和6年 11月15日　改版22版発行

発行者●山下直久

発行●株式会社KADOKAWA
〒102-8177　東京都千代田区富士見2-13-3
電話　0570-002-301（ナビダイヤル）

角川文庫 20979

印刷所●株式会社暁印刷
製本所●本間製本株式会社

表紙画●和田三造

Printed in Japan
ISBN978-4-04-106794-9　C0195

◇◇◇

角川文庫発刊に際して

角 川 源 義

　第二次世界大戦の敗北は、軍事力の敗北であった以上に、私たちの若い文化力の敗退であった。私たちの文化が戦争に対して如何に無力であり、単なるあだ花に過ぎなかったかを、私たちは身を以て体験し痛感した。西洋近代文化の摂取にとって、明治以後八十年の歳月は決して短かすぎたとは言えない。にもかかわらず、近代文化の伝統を確立し、自由な批判と柔軟な良識に富む文化層として自らを形成することに私たちは失敗して来た。そしてこれは、各層への文化の普及滲透を任務とする出版人の責任でもあった。

　一九四五年以来、私たちは再び振出しに戻り、第一歩から踏み出すことを余儀なくされた。これは大きな不幸ではあるが、反面、これまでの混沌・未熟・歪曲の中にあった我が国の文化に秩序と確たる基礎を齎らすためには絶好の機会でもある。角川書店は、このような祖国の文化的危機にあたり、微力をも顧みず再建の礎石たるべき抱負と決意とをもって出発したが、ここに創立以来の念願を果すべく角川文庫を発刊する。これまで刊行されたあらゆる全集叢書文庫類の長所と短所とを検討し、古今東西の不朽の典籍を、良心的編集のもとに、廉価に、そして書架にふさわしい美本として、多くのひとびとに提供しようとする。しかし私たちは徒らに百科全書的な知識のジレッタントを作ることを目的とせず、あくまで祖国の文化に秩序と再建への道を示し、この文庫を角川書店の栄ある事業として、今後永久に継続発展せしめ、学芸と教養との殿堂として大成せんことを期したい。多くの読書子の愛情ある忠言と支持とによって、この希望と抱負とを完遂せしめられんことを願う。

一九四九年五月三日

角川文庫ベストセラー

晩年

太宰治

自殺を前提に遺書のつもりで名付けた、第一創作集。〝撰ばれてあることの　恍惚と不安と　二つわれにあり〟というヴェルレエヌのエピグラフで始まる「葉」、少年時代を感受性豊かに描いた「思い出」など15篇。

女生徒

太宰治

「幸福は一夜おくれて来る。幸福は――」多感な女子生徒の一日を描いた「女生徒」、情死した夫を引き取りに行く妻を描いた「おさん」など、女性の告白体小説の手法で書かれた14篇を収録。

走れメロス

太宰治

妹の婚礼を終えると、メロスはシラクスめざして走りに走った。約束の日没までに暴虐の王の下に戻らねば、身代わりの親友が殺される。メロスよ走れ！　命を賭けた友情の美を描く表題作など10篇を収録。

斜陽

太宰治

没落貴族のかず子は、華麗に滅ぶべく道ならぬ恋に溺れていく。最後の貴婦人である母と、麻薬に溺れ破滅する弟・直治、無頼な生活を送る小説家・上原。戦後の混乱の中を生きる4人の滅びの美を描く。

人間失格

太宰治

無頼の生活に明け暮れた太宰自身の苦悩を描く内的自叙伝であり、太宰文学の代表作である「人間失格」と、家族の幸福を願いながら、自らの手で崩壊させる苦悩を描き、命日の由来にもなった「桜桃」を収録。

角川文庫ベストセラー

ヴィヨンの妻

太宰　治

死の前日までに13回分で中絶した未完の絶筆である表題作をはじめ、結核療養所で過ごす20歳の青年の手紙に自己を仮託した「パンドラの匣」、「眉山」など著者が最後に光芒を放った五篇を収録。

ろまん燈籠

太宰　治

退屈になると家族が集まり"物語"の連作を始める入江家。個性的な兄妹の性格と、順々に語られる世界が重層的に響きあうユニークな家族小説。表題作他、バラエティに富んだ七篇を収録。

愛と苦悩の手紙

太宰　治
編／亀井勝一郎

獄中の先輩に宛てた手紙から、死のひと月あまり前に妻へ寄せた葉書まで、友人知人に送った書簡二一二通。太宰の素顔と、さまざまな事件の消息、作品の成立過程などを明らかにする第一級の書簡資料。

吾輩は猫である

夏目漱石

苦沙弥先生に飼われる一匹の猫「吾輩」が観察する人間模様。ユーモアや風刺を交え、猫に託して展開される人間社会への痛烈な批判で、漱石の名を高からしめた。今なお爽快な共感を呼ぶ漱石処女作にして代表作。

坊っちゃん

夏目漱石

単純明快な江戸っ子の「おれ」（坊っちゃん）は、物理学校を卒業後、四国の中学校教師として赴任する。一本気な性格から様々な事件を起こし、また巻き込まれるが。欺瞞に満ちた社会への清新な反骨精神を描く。